GAEA

Gaea

黃汶瑄 著

晝日

名家推薦

整篇小說的氛圍從頭到尾都被壓得極低，沒有刻意煽情的場面，甚至忍住不讓任何一個故事主要人物死亡。

乍看之下，這是一篇文學氣質遠勝過歷史考究的作品。作者雖沒寫出大河小說的氣勢，故事中卻帶有非常大量的、足以反映當年時代精神、民間風俗和社會生活狀態的細節資料，確實成功再現了那最後15天。

——作家　何致和

心目中的首席佳作。終戰前一個月的生活、生命記錄。文學氣息強大。寫實與魔幻交錯，影像氣味極其濃烈。細緻的文字魅力，詩一般的語詞經常令人難以逃離其憂傷並動人的情境中。在歷史的背景裡，作者建立了極爲獨立的文學生命。

——導演　吳念真

作者的描寫能力高超，描寫細膩，客觀風景栩栩如生，純文學的成分濃厚。採用四組的人，企圖重現二戰末期一個月的台灣人生活狀況，野心很大。本土性深刻，帶給人無限的懷想。

——作家　宋澤萊

終戰時候的故事編排，對歷史有所爬梳。對時代背景和地理考據用心。

——詩人　李敏勇

一部多線敘事交織而成的長篇。從許家一家人不同角色切入戰爭時代的各個事件點。戰時的家、臨戰的後方、遙遠的南洋叢林、挖掘中的戰事坑道。四個空間四個角色交織出人面對戰爭的處境。像是剪接一樣的拼接小說。時間其實不過半個月。許多細節很迷人，故事切斷都好看。每個單篇單章節的尾韻，都有細心的處理。

——政大台文所特聘教授　范銘如

寫終戰前倒數的幾日。正是要緩，一切如常，才顯得其徒勞，其落空。在這裡頭，幾組小人物，發生什麼事情，有幾個情節設計能帶人進入那個時空，一些抒情性的描述，近乎詩了。這小說好看，而且專業，放到哪裡都能有它該有的讚美。

——小說家　高翊峰

——作家　陳栢青

（依姓氏筆劃排序）

盡日

目次

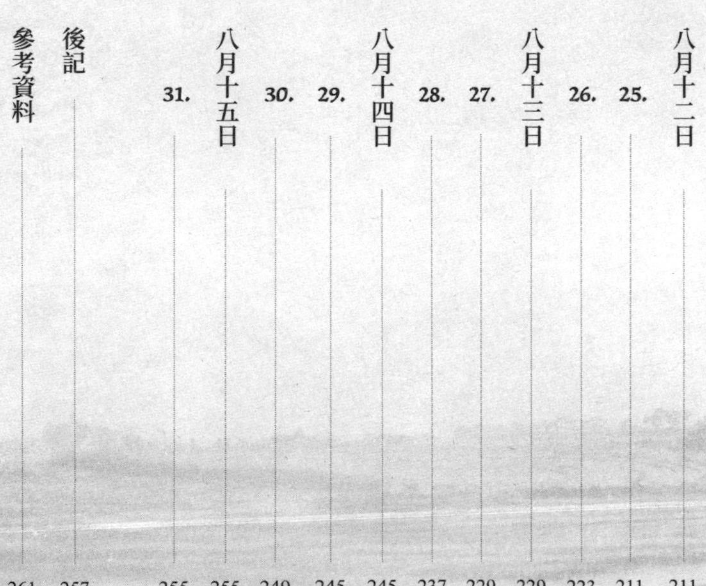

昭和二十年（一九四五年）

七月三十一日

1.

入夜以來，風雨持續的颳捲著，四界的雞啼犬吠、草葉挲動，以及泥土濺起聲都消失了，只剩風雨巨大的迴響，把一切都擺盪浮晃得遠遠近近。隨著音聲，雨水從黑夜中汩汩流進低處的防空壕匯聚成水窪，濕氣由那裡漸漸攀上牆面木板，整個世界都要氾濫了。

防空壕內有一盞臭油燈，火苗瘦又薄，只夠在風雨潺濕的物件上沾附細弱的微光，因此直到燈火照亮阿綿嬸業已灰白的頭髮，許月才瞥見母親正由防空壕的入口處望著自己。彼時許月正躺在竹床上，身旁放著防空頭巾，一件薄被蓋著懷胎八個月的肚腹。

「內底有漏水無？」阿綿嬸問。

「無，」許月緩緩直起上身，朝向母親，「外口敢是佇咧做風颱？」

「是啊，風雨真大，已經規暝啊。」光線使阿綿嬸額頭與兩鬢上的水珠閃閃發亮，也讓許月的影子淺淺的印在防空壕內。阿綿嬸走到床邊，一手拿起用過的碗筷，另一隻手碰觸女兒的手背。「敢有感覺無爽快？」

許月輕輕的將手從母親的掌中抽回。

「厝內敢有按怎?」

「無，攏真好。」

腳手猶原真冷冰冰的，猶還是要煮寡物件乎伊補身軀。阿綿嬸心想。

一陣一陣，暴雨仍在猛烈的撞擊土地，偶爾傳來狂風摧折刺竹的聲響。防空壕太低了，無法看見雨或雨以外的任何事物，但是蔓延的水氣已將棉被潤濕。不知雨還要落多久，但一時半刻是不會停歇的。許月催促母親轉去厝內。臭油的氣味淡淡飄著，阿綿嬸藉著微弱光線，再次環顧了防空壕一遍，才終於低下頭，捧著碗筷轉身離去。

防空壕外闃暗無明，只有壕內極淡的微光隱隱透出，還好厝邊的竹圍仔長得密喌喌，否則防護班❶的人看見洩漏的光線，恐怕又要來囉嗦了。

風雨猶狂，厝後那株玉蘭樹的花蕊已被風雨潑成滿地蒼白的泥，花泥濕滑，阿綿嬸沿著竹圍仔邊的小徑小心走著，繞過護龍，踏經稻埕，趄到厝間正身緊閉的木門前。

正廳內，阿才伯坐在靠牆的椅條上，凹陷的雙頰及滿臉的皺紋，在火光底夾著陰影。他闔著乾癟的嘴，閉眼靜聽雨灑過厝頂，糊滿厚厚黑紙的窗子嘎嘎響，似乎所有物件都隨時會被拆下。明珠在油燈邊玩手影，小小的身軀在牆上投下大大的影子，兩隻手兜兜繞繞，像鳥仔飛在天頂。風倏然由大門穿入，阿才伯睜開眼，看見阿綿嬸進門，黑幽幽的天地在她身後搖晃著，廳內的燈火也隨之顫動。

阿綿嬸關緊門，拉上門閂，厝內的一切便又靜止了。她舉起一隻手抹抹頭髮，摸下一把水。阿才伯短短嘆出一口氣，阿綿嬸瞥了他一眼，逕自往灶腳走去。

灶腳內悶著低低的啜泣，即便厝外的風再大也聽得到。阿綿嬸在門口稍等，然後小小咳了一聲，哭泣聲才慢慢收緩，漸不可聞。阿綿嬸踏入灶腳，見媳婦阿靜低著頭，臉面沉在光照不到的所在，正要把晚飯用畢的碗盤收進碗櫥裡。她知道，阿靜一定又想起信仔一年前從南洋寄回來的那封信了。阿綿嬸讀不懂日本字，那時是由媳婦阿靜唸給她聽，內底只大概交代了近況，並不長。之後那封信被阿靜收起，藏在眠床底、水缸下，甚至神棚後面。彼時厝內空曠，能藏物件的所在不少，但是藏遍整厝間以後，終究什麼也沒藏著。

義仔也不知道人在哪裡？阿綿嬸想起她的小兒子。

阿才伯在狂風稍息的片刻，就已經聽見媳婦涓細的哭聲。他希望自己什麼都聽不見，但日子逼使他無時無刻都得張耳諦聽遠近的動靜；想要活下去便得耳聞親歷一切不欲知曉的事，就算是睡眠中，也要費神分辨敵機是在夢裡，抑或是在天頂。他發現在這樣一個時代，

❶ 防護班主要是負責空襲時的交通管制，以及指導民眾避難；平時則須挨家挨戶勸告民眾盡快疏散，以及在家裡挖防空壕等。

什麼物件都是別人的，只有怨恨、軟弱和驚惶屬於自己。

明珠的手影隨光縮放，偶爾流往灶腳方向，正廳的火光彷彿會隨外面的狂風搖擺。她的手指時而張開，時而併攏，在牆上看起來像是一朵朵形狀不明的雲；明珠讓她手底的雲朝上升，再上升，直到在她的頭頂處炸散，順著陣風聲飄遠。

「阿公，外口的風敢是『神風』？」明珠轉頭問阿才伯，嗓音在呼呼的風聲裡顯得柔稚。

「我聽一个阿叔講，大日本帝國拄著危險的時陣，就會透起神風，神風會拍敗鬼畜米英，拍敗天皇陛下的所有敵人。」

阿才伯一聲不吭。

厝內的光亮起，牆上的手影不見了。阿綿嬸從灶腳出來，跟在她後面踏進正廳的阿靜一雙眼睛還略略泛紅，幸好在油燈的暖光下並不明顯。風颱會過去，明天還得早起，阿靜柔聲把女兒哄進房，母女二人準備歇睏矣。正廳剩下阿才伯和阿綿嬸兩夫婦，他們相對無言，把時間留給風雨去吵嚷。

「你查某囝好無？」一段時間以後，阿才伯開口問。

「你也會關心？」阿綿嬸應道。「阿月的腳手猶原冷冷，可能是血路袂順。」

阿才伯哼了一聲作回覆。「規身軀澹糊糊，抑毋緊去換衫。」

「知影啦。」

喀啦喀啦，有人在走動，腳步聲漸漸走遠，雨聲和風聲又來了。阿靜猶未睡去，房間裡沒點火，隔牆的風雨聽起來很近很近。爸媽把話說畢以後，正廳終於無聲，閉著眼的明珠翻過身去。阿靜知道明珠還沒睡著，空空的床鋪即使在夏天也嫌太冷，她將母女二人合蓋的被子稍稍拉高一些，然後伸手輕輕拍著女兒的背。明珠感覺母親的指尖微微在顫抖。也許阿母會冷吧？她將眼睛睜開一條縫，悄悄的把自己身上的棉被挪過去，但阿母總會把棉被再度披蓋回她身上。晚飯剛過不久，但明珠已經感覺到飢餓由胃腸深處伸展至全身軀四周，她期待隔日的早飯，同時也知道自己將會在每一次的期待之後迎來不變的失落。

一股風突然衝晃土厝，明珠緊緊閉上眼睛。整厝間已經沒有半點亮光，黑暗圈圍著一家人。另間房裡，阿才伯在磨牙，上下兩排嘴齒喀哩喀哩的發出聲音，吵得阿綿嬸睡不著，推了推阿才伯，阿才伯幽幽張目，看見一室烏暗；阿綿嬸則終於睡下，呼吸隨著酣眠勻和起伏。阿才伯聽著夜晚，暴風正要平靖，他倦疲的睏去，又在下次以一嘴老牙鬧醒妻子，整暝如斯反覆。

夜晚盡了，遙遠的雞啼一層一層疊來，阿綿嬸在眠床頂張眼時，已經能聽見媳婦在灶腳搬動柴火的聲音。她起床把睡亂的頭髮重新梳成緊緊的髻，走出房間，先往門口走去。開門，出門，風雨靖，烏雲厚厚的塗滿天頂。阿綿嬸舒了口氣，進到灶腳幫媳婦張羅早飯。阿靜在灶前生火，整晚風雨多少濕了柴薪，濃煙漲飽灶口。阿綿嬸從斗籠裡翻出幾顆番薯，已經快要出芽了。她嘆口氣，把番薯削皮後，擱砧上切成塊，然後從米缸掏米，小心擺入鍋中。想了想，又伸手進鍋裡捏回一小把米。阿靜生起火，鍋裡的水慢慢燒滾，嗶嗶啵啵，炊煙也放心竄上了天。阿才伯慢悠悠的來到灶腳，行抵菜櫥前，彎下腰，戒慎的打開菜櫥拉門。

菜櫥底祀著一家三代供奉的上帝公，樟木坐像，兩腳各踏龜蛇，手持寶劍，頭上穩穩盤著一頂雕工華麗的冠帽。神祇是阿才伯的父親奉請入宅的，早先曾供庄民辦事問神，阿本仔與中國人開戰以後，便被阿才伯藏至菜櫥底，以免遭禍。灶腳內黑煙流來流去，把上帝公的輪廓燻花了，和櫥仔內的烏暗染成一團。阿才伯專注的劃亮一支番仔火，點香，恭敬的拜了拜，口中喃喃唸叨，接著才把香插入爐中。阿才伯沒立即把櫥仔門闔上，讓難得的風吹進來將香燒旺，捧得神明如在香案了。阿綿嬸將鍋放置灶頂，在衣服上抹淨雙手後，合掌閉眼朝神默禱。灶口的煙又來了，阿才伯將菜櫥的門閉闔，把神和一室香煙藏在那裡無用的澎湃，才踅到正廳。正廳光線稀微，神桌頂，原本供奉上帝公的所在已經改設日本神的神符，公媽牌也替換過了。那上面沒有香爐，阿才伯不知道如何祈求，也無事相求，想望相異，阿本仔的神是幫不上忙的。阿才伯直直面對公媽牌，朝歷代先祖敬拜以後，挺起背脊，默然的與之對望。

灶腳內喊人吃飯了。鍋裡是番薯和水水的稀飯，阿才伯的那碗已經盛放在桌上。剛起床的明珠去給防空壕裡的姑姑送早飯，而阿綿嬸則坐在桌邊小口小口的喝著稀飯。阿靜退出廚房，搬了一整桶髒衫褲，朝厝邊的水塘走去，打算趁著早晨將衣物洗盡。水塘漂浮著徹夜狂風捲來的落葉殘枝，水面擠著整天空的烏雲，沒有日頭，世界低低的垂著。阿靜蹲踞在水塘邊，敲打著一家人的衣物，然後小心搓洗，一池天色被她洗得亂；世界花花，她在原地沉著勞動，穩穩呼吸。稍後，明珠也來到池邊，走進凌亂的天地；她踅到阿靜身邊蹲下，望著母親。阿靜停下手，整個世界慢慢、慢慢止停，靜靜倒映著她們母女二人，就只有她們。

「阿母，你食飯抑？」明珠問。

「阿母猶未枵，你佮阿公阿媽先食。」阿靜說。

明珠望著母親一會，伸手撥了撥阿靜落到額前的幾縷頭髮。她想替母親晾衣服，母親說不必，要她趕緊去吃早飯。明珠雙手環抱膝蓋，望著水面的枝葉在雲間游了一段時候，才站起身步向厝間。正身外，阿公一腳跨過門檻，見孫女迎面而來，揪起臉問：「囡仔人食飯的時陣毋食飯，四界亂走去佗位？」

風緩了，土厝邊的玉蘭花樹和連綿的竹圍仔靜止不動，天空停在刺竹的梢上。阿才伯抬頭望盡天頂，然後垂下頭橫越稻埕，繞出竹圍，外邊的田地瞬間盈滿他的眼界。循圳溝續行，他來到田地前站定，田底的稻仔泰半已結實，唯經過一夜風雨，許多稻稈被風壓垮，成片成片趴伏在田底。正逢收穫時節，這期稻仔佈得較晚，原想多候數日再收割，奈何風颱早一步將粟仔收走了。阿才伯搖了搖頭。無法度，這馬無人會當鬥腳手矣。過往時節，一家老小都會下田幫忙，父子夫婦、家族兩代，齊齊手拖囥滿秧仔的面桶，劃過水田，遍地插秧。阿才伯負責指導他們，叮囑也開罵，得要中午在田邊竹圍仔底食飯時，才和兒子交心的偎靠，分吃同一口飯擔。而今整厝間湊合不出人下田，阿才伯方發現自己老了，欲做欲講皆乏力，話再多也僅有竹林回應，乾脆閉嘴，只做事。

他移步進田地，一雙腳踏在田岸頂，彎下腰，將那些猶在逐日黃實的稻穀捧在掌心掂了掂，估量整田稻仔的斤兩。戰爭迄今不見盡頭，政府還在積極增產，若不依阿本仔的規定繳交稻穀，難保不被巡查或庄役場的職員訓斥；萬不一乎掠去派出所便麻煩了。被風吹倒的稻仔臥在眼前，阿才伯蹲低身，檢視大群伏地的稻穗。七成熟但整把皆濕，多擱置幾日大概就會在田土頂發芽了，得趕緊收割起來。想畢，他急急站起，突然的痠疼由腰間一路攀上肩背，他不得不盡量放緩自己，挺腰，慢慢的直起上身歇息，放眼看田。

日頭還在烏雲後邊，大片將熟的稻穀淌著凝滯的暗光，田間遮風的矮樹叢和幾間土厝矗在不遠處。風颱過後，厝邊差不多都落來巡田了，鄰近的幾坵田間零星有人，阿才伯繼續巡看那些被風雨吹颳傷損的稻仔，偶爾休息，俯仰之間，四界的人皆不見動彈，如同鑲嵌於風景中——庄內沒有少年了，田間的大抵都是老人或婦人，其中不乏腳手較慢的，日子被他們過得極長，好像中斷在那裡。轟嘎轟嘎，阿才伯轉身望向田地的另一端，道路上，由大園駛來的自動車，搖搖晃晃的輾過碎石前進著，改以瓦斯做燃料的引擎艱難的運轉，車裡似乎有許多乘客，但是距離太遠了，沒辦法看清他們。

毋知佪欲對佗位去？

八月一日

2.

眼前的是山，以及其他橫亙於視野盡頭的山，壓在山頂的烏雲漸漸退去，但霧似的雨還沉積在山腳的溪谷內，景物於彼處無比模糊。一條筆直的道路由雨霧那頭的大溪市街伸探過來，穿越平坦開闊的台地這帶，朝桃園街延伸；早晨至今沒幾台車駛過，行人亦少，無人由遙遠的彼端行經此處。

「這馬是啥物時陣？」有人問。手握圓鑵的少年們，低著頭翻整凹凸崎嶇的地面，另有人兩兩合力，以扁擔挑來裝在網袋內的石頭，填補較大的坑洞。他們都戴著戰鬥帽，帽簷遮著表情，沒有人說話。地面的凹陷和坑洞粗略整平後，少年們鋪撒上多餘的沙土，隨後拖來石輪來回碾壓，直到地面平坦如紙張，少年們才移動往他處。

颱風過後，類似的坑洞散佈於飛行場滑走路❶的各個角落，滑走路與曲繞隱蔽在樹叢竹

❶ 即機場起降用跑道（かっそうろ，runway）。

林間的誘導路[1]相銜，少年們奉命和其他士兵尋遍整座飛行場，逐一填補好所有的壞損。雨後的土地仍然濕著，滑走路的某些段落步行起來潮軟沾腳，少年們腳下的草鞋因此裹覆上一層紅土；隨著走踏，泥濘由小腿肚往上飛濺至背後，像在一點一點的刨挖土地，像他們正朝著地下前進。少年們走得極慢，幸好天頂烏陰，米機應該一時半刻不會來爆擊。軍靴篤篤的響著，負責監督工事的軍曹尾隨在他們後方，幾名受警備召集[2]的台灣人，審慎的四處顧盼。少年們彼此交換著眼神。

天氣正要變得悶熱，大概快中午了，也或許還是早晨，十五歲的少年們已經奢於談及時間，一如他們總避免言論未來。下一處坑洞就在眼前，少年們陸續走向滑走路邊緣，再次把碩大的石塊置入籐編的網袋中；隨著他們的擺放動作，石頭碰撞出聲音。

「這無意義。」游掀著嘴唇小聲說。

什麼事情沒有意義呢？許政義彎下腰，把扁擔穿過網袋，同時瞥了瞥游。游沾著泥土的臉頰，因營養不良而微微浮腫，長時間在日頭下勞動的身體黝黑得發亮，必須仔細看才能發現皮膚上的傷口。許政義知道，游眼中的自己大概也是相仿的模樣，甚至他們四周的其他少年，也都有著類似的臉與身體。他們兩個將扁擔擱架在肩頂以後站起，步伐齊一的朝坑洞走去，像是一對影子。裝著石頭的網袋，隨著二人的腳步輕輕的上下擺動。扁擔咬緊許政義的肩膀，但他的身體已經習慣這一切，感覺不到重量，只擔著一頭思緒。直直注視著前方，景物茫茫在眼底，由近至遠，許政義一一想過扁擔、石頭、滑走路、竹林樹叢後的掩體、掩體裡能飛和不能飛的各種飛行機、乏人穿行的道路，以及安默的群山。

什麼事情會有意義呢？

他們二人跟在其他少年身後，把石頭放入坑洞中。台灣人警備兵落在遙遠的後方，其中兩個酒醉似的踏著凌亂的腳步，抬神轎般的左右晃前後盪，嘴巴還呼嗤呼嗤的喊。監工的軍曹凝視著他們走來、將網袋從扁擔上卸下、把石頭填入坑洞中。撒土，用石輪碾平坑洞，持續的重複；少年們讓自己的手腳勞動著，直到食事當番❸將午飯送來，軍曹下令休息為止。

天空依然被烏雲佔滿。

「今天米機應該不會來吧？」謝仰望天空，以國語（日語）不安的說。

「雲太厚了。」小林應道。

「雲不會每天都這麼厚。」家住八塊厝的薛這樣說。

少年們吃著飯糰，摻有乾燥番薯的米飯透出發黴的氣息，米穀未完全脫殼；他們喀喀嚼

❶ 誘導路（ゆうどうろ，Taxiway）主要用於分散滑走道遭受轟炸後，飛機無法起降的風險。
❷ 非正式士兵，主要任務是協助看守島內設施、輔助海防等，與學徒兵相仿。
❸ 負責處理或搬運食物的值日人員。

著，試圖避免那些味道進到自己體內，但那似乎並不只來自嘴中。少年們大多是農校三年級的學生，奉召出陣前，都曾在校內的農場進行過田間實習，但口中敗壞的氣味，與他們所知道、觸摸、養育、嚐過的水稻相去甚遠，甚至可說根本不是食物。許政義緩慢的吞嚥，一面朝西遠眺，桃園街被層層田野推得極遠。已許久沒有飛行機從其他飛行場前來此地待命集結，許政義總期待能看見由桃園飛行場方向飛來的飛行機，降落在八塊厝這條滑走路上，也許能從那些操縱士❶口中得知故鄉近況。他會跟他們描述屋厝邊上的那口池塘，還有一旁那株參天的玉蘭花樹，最後聽他們述說由天空往下俯瞰的景象，還有他位在其中的家。但已許久沒有飛行機抵臨這座飛行場，他也沒機會真的詢問那些已疲倦不堪的操縱士。

他垂下頭，不再看了。

「滑走路的修補工事還要多久?」有人細聲問，口舌間呼出朽爛的氣味。

「應該差不多了，」小林回應，「昨天的風雨並沒有造成太大的損害。」

「工事完成以後呢?」謝說。

少年們沉默下來。游沒有任何反應，繼續一口一口吃著手上的飯糰。幾名警備兵小聲的以台灣話交談著，小林皺著眉頭瞥視他們，其中一人回以揶揄的笑容。游吃食完畢，摘下戰鬥帽，抹抹額頭。許政義這時才發現自己的頭頂悶著一圈汗；他繼續仔細咀嚼剩餘的米飯，然後吞下，腸胃激烈的消化；他感覺身體微微在顫抖，不知道是因為飢餓，或者其他什麼原因。許政義偶爾會嘗試詢問其他少年，確認那些發生在自己身上的變化是什麼，是不是真的有某些東西進入自己體內，只是對少年來說，那些出入與壞損，都已經是再正常不過的事了。

午飯過後，沒有多餘的休息，軍曹要求眾人盡速完成滑走路最後的整飭作業，希望趁天陰時結束工事，以避免米軍突然來襲。許政義依然和游同組，他知道其他少年難得和游交談——少年們都曾聽聞游方入學時，曾與一名三年級的內地人先輩發生衝突，起因據說是游未依慣例向在路上遇到的先輩敬禮，三年級的先輩依照規矩，先是責罵了游一番，隨即要出拳頭教訓，但是游沒循常規忍氣吞聲，他還手了，甚至把先輩打得倒地，半晌無法動彈。那名先輩事後沒有聲張，只是找來更多上級生（高年級生），在實習農場的角落教訓游。再來的事就沒人知道了，其他少年也不敢知道，只知道該離游遠遠的。戰爭爆發以來，內台關係緊張，一點衝突都可能遭致嚴重事件，誰也不想摻和進去。

只是游身上始終存在著某種淡漠、甚至不耐煩的態度，每當少年們像孩子一般透露出自己的不安時，游總是於一旁平靜的觀望著。那樣的平靜傷害了少年，但身為學徒兵的少年們，什麼都沒有，甚至連身體也不是自己的，只有話語還歸他們所有，因此不與游說話就成

❶ 即飛行員。

為唯一能做的事，彷彿這樣便能彌補自己執拗的自尊心。然而游似乎並不在意，仍然像個旁觀者般的看著少年們的一切，讓萬事無知無覺流過身旁，似乎他已然不再年少。

往前走去，許政義看著游的背影，一如看著他的臉孔般，只能看見輪廓和相貌，除此之外毫無所知，甚至沒有一點曾經在校園內見過的印象。可能是因為記憶的某些部分模糊了吧。他想。所有記憶似乎都需要跋涉許久，才能來到他所在的這裡。

許政義還記得出陣當日，大規教官在學寮的食堂內對他們訓話時的隆隆回音。他們打綁腿，背上的雜囊裡裝有衣褲，以及父母為他們偷偷準備的乾糧；戰鬥帽還很新，但那種無傷無痛的嶄新，好像只能是一瞬間的事。他們走出食堂，從槍械庫取出小銃[1]後集合整隊。他們站在校園內那條直通大門的筆直路上，兩側蒼瘦的松樹列陣目別，高大的椰樹立正恭送；他們踏步，群樹也斷續踩回相同的腳步聲。校門外是通往神社的長長參道，農校的師生曾在前任西崎校長的帶領下參與奉仕作業，協助參道鋪設，而今兩側的黑松底下已被桃園街內國民學校的學童種滿了蓖麻。少年們行走在參道上，初夏的遠山在他們身後塗抹青綠，一陣風過，校內農場滿地的水稻喧聲嘈雜，風裡的稻葉喊得遠，四野被喚得遼闊了，隊伍行進的腳步聲在其中多麼單薄。少年們低頭追著自己的步伐，不敢回頭看，也盡量避免聽，直到穿越過昭和橋前那座鳥居才抬起頭。抬起頭，許政義悄悄瞥看隊伍前後左右的同學們，發現他們的臉孔像是被強硬剝去了某些表情變化，以一種空懸的、全然陌生的神色與身分，朝向所有迎面而來的事物。

許政義覺得自己蒼老了許多。

軍曹的腳步聲在他們身後，少年們各自散開，以穩定的速度鏟起沙土，填補地面上的凹洞。那兩個台灣人呼嗤呼嗤的喝出聲，又從滑走路的邊緣挑來石頭，同樣是一蹦一跳的步伐，扁擔和懸垂的網袋激烈的搖晃著。他們走到坑洞邊將網袋卸下，但兩人蹲落的時機不一，扁擔由其中一人的肩膀滑落，網袋撞擊地面，發出沉重的聲響，石頭散散的在袋中滾動著。

軍曹跨大步奔來，拳頭重重擲向其中一個人的臉頰，旋即又抬腳踹在另一個人的腰間。滑走路還有些潮濕，其他人低著頭。

「喂，你們這些傢伙在幹什麼啊！」軍曹咆哮，繃緊的臉孔像一柄刀。挨拳的警備兵，臉頰迅速腫了起來，鼻孔湧出暗紅的鮮血，另一人則艱難的伸手按撫腰際，無法動彈，軍靴上的濕泥沾糊了他的衣服。許政義看著眼前的滑走路，聽見其他人將圓鍬插入地面時發出細微的音聲、沙土落入低處掉出的碎聲，以及一粒細石被風吹翻的聲響。汗水由掌心沁出，許

❶ 即三八式步槍，也稱作三八式小銃。三八式步槍為明治三十八年（一九〇五年）日俄戰爭時期的制式武器，校園內的軍訓用槍一般為該型槍。

政義舉鏟入土，猶仍濕黏的土地拉著鏟子的金屬部，握柄滑溜，他握緊鏟子微微側身施力，餘光瞥見那兩名台灣人畏懼的抱頭蜷縮著，軍曹左腳的靴子上還沾著土，右腳那隻則隨著他的動作，斷續躍出模糊紛散的光線。還是陰暗的天色，許政義別過頭去，但那一陣陣稀疏而髒濁的光已經進到他的眼底了。

軍曹走開了，許政義終於拔出鏟子，鏟子上黏附著成塊的泥土，他用草鞋的底部將那些土一點一點的剝除。二名警備兵站起，把網袋再度擔起，放入待填補的坑洞中，臉上的污痕和血跡遮住表情；他們望著軍曹遠去的背影喃喃說話，直到軍曹消失在滑走路的另一頭，兩人才一拐一拐的步向下一處工事地點。少年們只有在需要用力操作圓鏟時，才會抬起頭。米機是不會來了，但工事仍得在時限內完成。許政義把鏟子靠在腿邊，汗濕的雙手在衣褲上抹了抹，再度拿起鏟子，剛才拔起圓鏟時留下的坑洞，在他面前顯得既深又寬，似乎比其他凹陷更難以填平復原。

3.

天黑了。在田與田之間的小道上，阿綿嬸緩步走著。路途烏暗不見月娘，她得要睜大眼睛認路，還好水流聲響著，尚且能判斷圳溝位置，否則難保不會摔入溝裡。風颱過後，天氣又再燒熱，背後繫著的防空頭巾使汗水密密聚在她的頸根；猶原無風，沉重的空氣貼著皮膚，遠近僅有蛙群和螽斯相互對鳴。暗暝的庄內什麼都看不見，但水還在流，她循著水聲，朝陂腳方向走去。小道有時會在田間與另一條小道相交，連向庄內散落的竹圍仔。竹圍仔比土厝還高、比夜晚還黑，阿綿嬸看見其中一片竹圍仔散出小段人影行在路上。太暗了，她看不出那個人是誰，因此稍稍慢下步伐，與來人遠出距離，同那人一前一後的走著。

夜色裹著那個人，將他的背影裹得蓬鬆，阿綿嬸默默走著，尾隨那人彎進一處竹圍仔。在大叢大叢的刺竹後面，田間的蟲噪消淡；繞過左護龍，阿綿嬸和那人踏進瓦厝的正身前，稻埕裡游著碎碎的人聲。那人走上前，伸手拍門，然後退開一步。門開了，內裡沒有光，門外的人抬腳跨過門檻，阿綿嬸跟著進去。門倏地關上了。

「好矣。」有人說。

光線突然滾至面前，阿綿嬸趕緊瞇起雙眼。晃晃花花的光來自屋內僅有的臭油燈，燈邊聚著二名庄人，為免燈光外洩，違反燈火管制規定，庄人於推門瞬間出手掩搗燈火，將火光覆在掌中，待門又關上後，才撤下手。進門的那個人已坐在一把椅子上，原來是住在陂另一面的劉仔。阿綿嬸別過頭，庄人們都已各自揀定位置；角落裡，老厝邊阿梅對她擺了擺手，阿綿嬸遂朝她的方向走去，落坐在椅條上。整厝間所有的窗子上都貼著一層黑紙，門窗全關著，室內飽著臭油燃燒的氣味，所有人都淺淺的呼吸。在座的大多是各戶的婦人，她們將解下的防空頭巾擺在腿上，壓抑嗓音低低說話，在闃暗的室內，聲音像是旋繞的誦經聲。

世話役[1]添富巡過厝內的門窗，然後來到牆邊；牆邊櫃子上擺著一台拉績歐，他試著撥轉旋鈕，但是沒有發出任何聲音。開戰以來，電力供應便極不穩定，電器無法使用已是常態，否則應該可以收聽放送局放送的時局演說。添富晃晃頭，走到廳堂中央，面朝注視著他的庄人們。他穿著一套草綠色的國民服[2]、紮著綁腿，寬大的衣裝罩著瘦薄的身體，看起來有些可笑。添富小小咳了兩聲作為開場，接著帶領大家遙拜皇居神宮及奉唱國歌。庄人們有些彆扭，但盡可能自然的起身，面朝日頭出來的方向，躬身敬拜。所有人都彎下腰，阿綿嬸亦隨著低頭。她從未看過天皇的相片、不知道天皇生作啥款，義仔敢若講過天皇是天神佇人世間的化身，按呢伊應該是神明吧。阿綿嬸想像那樣一張細眉窄眼、髯鬚垂胸、雙目低斂的神明臉孔，想像天皇就像厝內供奉的上帝公，或者田頭的土地公那樣盤坐在皇宮深處。

天皇敢亦會允准人的祈求？

禮拜結束，庄人們陸續抬起頭，轉向添富。他又瞥了角落的拉績歐一眼，然後才放棄般的面朝大家。

「逐家晚安。」他不是太有把握的看著其他人。庄人零落的回應他。添富稍稍提高音量。「今仔日會提早舉行常會，主要是為著避免影響著庄仔內後幾日的工課，請逐家諒解。這段時間以來，逐家猶原著愛一心奉公，雖然咱佇銃後，嘛應該擔起聖戰的責任，報答天皇陛下的大御心……」

劉仔挺直上身專心聽著，阿綿孀對阿梅使了使眼色。庄內謠傳劉仔認識一個經濟係❸的日人巡查，厝邊隔壁得失過他的，都曾被藉故搜查住屋、翻遍宅厝，以尋找藏匿的物資，連保正楊仔亦畏他三分。

❶皇民化時期，每十户結成奉公班，當中設置世話役，由區會長或部落會長指名擔任，作為各類活動的聯絡人。

❷因應戰時，政府推動取代日常穿著的標準服裝，男性的國民服一般採軍服款式設計，顏色多半為便於躲避空襲的國防色（草綠色）。

❸日治時期警察職務之一，主掌經濟事務，尤其是物價波動。

無定著無應該來的。阿綿嬸想。常會❶理應由各戶戶長出面參加，但是男人們大多對這類聚會不抱好感，寧可在厝內睡覺打盹，好在田庄地方不比街市，常會難得舉行，也難得做出決議。阿才無來嘛好。她又看了劉仔一眼。丈夫的性格她明瞭，如若讓他和劉仔碰面，恐怕不多時便會生口角，那麼以後的日子恐怕就難過了。

「保衛大日本帝國的戰爭已經到了最後的時機，逐家著堅持佇家己的位置，確立決戰的體制，隨時做好為天皇陛下犧牲的準備。」添富稍停片刻。室內安靜，連燈火甩動時空氣的輕晃聲都無比清晰。他抿了抿嘴，繼續說：「自六月廢除保甲制度以來，各地攏積極展開國民義勇隊的成立準備工課，時到若是米軍登陸，逐家攏有可能成做保衛皇土的人柱……」

添富還在講，阿綿嬸的思緒則走遠了。什麼謠言都有，有人說聯合軍將強攻東部，分區掃蕩鎮壓各地的日本軍隊。有人說米軍要從淡水河口登陸，沿河一路打進台北。有人說台灣人將被趕到海岸，拿竹篙菜刀同敵軍的戰車與銃摶鬥。有人說，他們都會死，一定會死。阿綿嬸沒去過海邊，也很少離開庄頭，所有傳言任她費盡想像，依然只能是傳言，就連死亡都必須動用意志力揣度。索性不想了，她的眼神四處游移，朝上望，牆頂掛著一口鐘，添富家的神棚安於整厝間最高的所在，而光和影子比那還高，夜晚則在更外邊；時間在走，明天還沒到。毋知影明仔載會出日頭無？阿綿嬸想著防空壕和防空壕裡的女兒，受潮的棉被未經日曬不會乾，也許待到日頭清朗時，可以將防空壕內的物件一項一項搬出來攤曝在太陽底下，等防空壕慢慢乾燥，等日子一天一天過去。

有人挪動椅子，椅腳在地面刮出尖利的噪音，阿綿嬸回過神來望著添富。

「戰局恐驚猶原會繼續落去，除了配合頂面完成義勇隊的組織以外，上重要的任務就是保守物資，生活著減省忍耐，毋通袂記得身為國民的本份。保守物資以外，最近準備欲割稻仔啊，逐家著照指定的配額生產種作，努力增產，應對將來的局勢變化。」庄人們淺淺的彼此對望——自開戰以來，這些話已聽過無數遍，不過關於戰爭，似乎確實沒有其他話好說了。過去日軍戰捷的通報，透過放送或口傳流入庄內，學生囡仔都被動員參加慶祝遊行，而今，敗退撤守的消息只能悄悄流傳、真假不明，有些囡仔則已親身加入戰爭。但這些是不適宜被講出來的，需要被講述的總也是不能被講述的。

大抵如此。添富看了牆上的掛鐘一眼，然後請大家用茶，但茶壺裡只有水，這個時節已經不容易買到茶葉了。庄人們喝了幾口水，水冷冷涼涼，室內則愈來愈悶熱難耐。添富伸手抹去臉上的汗水。針對目前的局勢，毋知影逐家敢有啥欲補充討論的？他說。

油燈的光掃過廳內，劉仔站起身，朝添富點頭招呼，隨後轉身背光面朝眾人。所有人都低著頭，把自己壓得比影子還矮，只有阿綿嬸穩穩坐著。陰影繃著劉仔的臉，看不清他的神

---

❶皇民奉公會的基層活動，主要是宣揚理念、精神講話，使人民認識時局，並指導活動事項等。

情和目色，光線由背後鑲上他的輪廓直到臉側，阿綿嬸看見劉仔的嘴角隨著說話而開合著。

「身為大日本帝國的國民，啥物時陣攏著一意奉公，生活當中所有的行為攏著先考慮國家和前線的皇軍官兵。」劉仔的聲音悠緩輕細，但所有人都清楚聽到。「聽講最近真濟人私藏物資，這款自私的人，枉費了天皇陛下的恩情，是非國民，糧食無夠只是藉口，背後的原因是無信任大日本帝國，是國民精神鍊成無夠，希望大家會使互相提醒、注意。身佇銃後，袂當替天皇陛下效忠已經真見笑啊，若是連一點點仔犧牲攏做袂到，實在對不起前線官兵的奉獻犧牲。」

庄人們小聲應和，但沒有人抬起頭。阿綿嬸猶仍注視著劉仔，他的嘴角似乎微微上勾，像是在笑。添富接過話，稱讚劉仔說得極好，要大家效法學習他無私奉公的精神。糧食若不夠，會使改吃別項。添富說。紋幌菊、昭和草、蕨貓和其他的野草，都會使取幼葉仔佮芯吃。所有人都點頭說好，好好好，知影矣。

常會終於結束了，要先掩上油燈才能開門。添富用布封著火光，黑暗湧進來，庄人們都吁了一口氣。他們剛披上防空頭巾，但夜晚已經先蒙住他們的臉。劉仔還坐著，聽其他人小聲講話。阿綿嬸和阿梅在正廳的最邊角，她們等庄人一個一個走出門，外面已沒有人聲，才起身離開添富家。

走出緊緊箍著視野的竹圍仔，暗暝在眼前展開，整座庄頭完全無光，圳溝水依然嘩嘩的流，不見其他人，除了聲音之外，周圍什麼都沒有。阿綿嬸和阿梅二人張目望看庄內的道路，但闃暗太闊，目珠能見的，只有平坦如布幕的漆黑。她們挨著走，直到自己的手腳身軀都淡入夜裡，僅剩下口鼻吸吐空氣的微響為止。

應該沒有其他人了。

「阿月最近按怎？」阿梅問。

「無按怎，就是腳手較冷。」阿綿嬸回應。

「按呢著較注意咧。」

「我想欲煮一隻雞予伊補補咧。」

遠方，竹圍裡傳來的狗吠撕開夜晚，阿綿嬸她們一起朝那望著，待聲音停止，靜默重新敷上世界，才繼續前行。

「聽講佪後日欲出發去台北，會經過大竹圍這搭。」阿梅聲音細細，比溜過田地的短風還輕。

阿綿嬸點點頭。「最近物件的價數毋知變化偌濟？」

對方嘆了一口氣。

小徑朝前延伸，偶爾歧岔向遠處的一落竹林、一間土厝，以及所有相仿相似的黑暗。阿綿嬸和阿梅在下個路口分手，夜那麼深濃，無法目送便不須相送了，她一路返家，穿越各種匿著的嗚嗚振顫和空響。

屋厝在圳溝的水頭處，天仍黑，阿綿嬸逆流上行，看見整片土地被魘在無邊的烏暗底，天與地彷彿就要塌縮扁平，但她無暇多想，只是繼續走，返抵自家那片繞宅的竹林。踏進稻埕，轉過護龍，她來到厝後的防空壕彎身聽看，那其中沒有光，但有勻和的呼吸聲細長的透露出來。已經睏矣。阿綿嬸聽見女兒的聲音穩穩的像是正托著一個夢，四界寧靜，只有無實在的夢囈層疊脹大，也許就要把整個坑洞佔滿了。

八月二日

4.

不知道是什麼時候了。

風斷續斷續的溜過沙地上種植的木麻黃，針似的葉子搔刺著天空，剛捲過海岸復又退去的浪顏色灰沉，像一堵牆停留在那裡，更遠的地方則是一片蒼茫，從彼處流過來的風，將海浪的聲音朝岸上帶，直到矮山崙邊。長在崙頂的耐旱花草，總在那些推移的聲音中隨風搖晃，崙後是海岸一帶緊偎台地邊緣的山丘，山丘與山丘之間有幾道旱溪和谷地。處在風尾，只要風在吹，便總是充滿海水娑動的聲響。

從板車後面抬頭，黃承德沒看見海，但整片海的迴盪仍然衝擊著他。板車由張仔在前面拖拉，阿勇和金水從兩側推動，他則曳著遲鈍的右腳，費力的挺著車尾。他們所有人都戴著附有垂布的帽子，赤裸上身，好在前晚徹夜的雨滯重了海岸，粗糙的沙暫時不會大片大片吹來，否則鎮日在海濱做事，難免被風吹沙傷滿身。車上堆置的大落土石，使得板車的輪子微微沉入路面，留下輪轍，也將板車壓出乾利的噪音，前進的速度很慢。他們推拉著板車，直到邊角山坳處，才合力將板車傾斜，棄置整車的廢土。他們全都大大的吐了口氣。張仔摘下帽子，擦了擦臉上又密又亂的汗珠。金水抬頭望著遠方海面。黃承德則倚著板車，伸展疼痛的右腿。

「喂，欲轉去無？」金水問。

張仔轉頭看看金水，瞥了黃承德一眼，然後說：「小歇睏咧。」

黃承德垂下頭，伸手按壓自己僵直的腿。

「唉，咱竟然已經挖出遮爾濟塗矣。」阿勇注視那大堆廢土道。

「真緊咱就會將規粒山攏搬走矣。」

挲揉膝蓋一段時間以後，右腿終於舒適一些，黃承德站直身子走了幾步，右腳落地時，小腿戳刺膝蓋的尖銳感還在，不過疼痛已經稍微消退——大部分疼痛都是能被忍受的。張仔輕輕咳了一聲，其他人很快靠到板車邊，一起調轉板車方向，朝谷地的另一頭走去。沿海一帶有大半時間都是乾燥的，兩側的山坡僅有稀疏的矮草生長，順谷地深入，才逐漸見到較多單薄的樹與叢生的草。昨夜的雨水在植物根處留下一窪一窪積水，穿著足袋❶的他們，可以隱隱感覺到那種濡濕在腳底留下的觸感。

狹窄的谷地盡頭長有成片樹林，一群落的樹彷彿由山脊垂下，幾間低矮的草寮搭建在底下，簡陋得像是隨時會被濃密的樹影壓垮，幾柄鋤頭、沙挑以及成落成落的木料擱放在草寮邊。經過草寮，可見監督坑道挖掘工事的宮下伍長，站在那裡張望著；他的身高不高，遠遠看見他們走來時，稍稍往後退了一步。

「你們幾個太慢了！現在的事態可容不得你們偷懶啊！」伍長試著粗聲以日本話罵道。黃承德沒聽過他操持的那種陌生腔調，但是嗓音間某種識見未深的青澀，還是隱隱聽得出來。

張仔暫時停下腳步，其他人則隨著他的動作拉住空板車。他側首瞅著伍長，道：「很抱歉，板車的輪子似乎快壞了啊，推起來費力才耽誤了時間。」

遠遠看不清楚伍長的表情，張仔不等他反應，逕自又拉動板車向前行。工事現場在谷地另側的邊坡一帶，另外四名公工遲慢遲慢的自坑道內走出，他們肩上挑著扁擔，扁擔兩頭吊掛畚箕，畚箕裡裝有挖掘隧道時清出的廢土，其中一人拖著沙挑，手持電土燈[2]。那四人來自其他街庄，私下交談習慣用黃承德聽不懂的客人仔話，話裡大概有嬉笑或訐譙，但都藏在生份的話裡。

那麼現在坑道裡還有什麼人？黃承德想。本來開挖坑道的工事應該由三組人合作進行，

---

❶ 即日式分趾鞋襪，底部為橡膠材質。

❷ 又稱為電石燈、乙炔燈，老一輩的人稱其為水火燈、瓦斯燈。

但是部分的公工被調派到海岸挖掘蛸壺❶和反戰車壕，此處戰備坑道的工事便改由剩下的人負責。坑道口躺著幾柄鈍尖喙掘仔，那四個客人仔將畚箕裡的土傾倒在那附近的地上，擱下畚箕以後低聲交談。張仔將板車停在距離坑口十數步的地方，金水和阿勇鬆開扶著板車的手，慢慢朝張仔身邊聚攏過去。那四人中最為高壯的一個，將肩上的扁擔放下，直直注視張仔的眼睛，以河洛話問：「阮是毋是會當換班矣？」

「敢是這馬？」張仔對道。

那人仰頭望向天空，那裡只有一落落疏淡的烏雲，看不出時間。「差不多矣。」

金水瞪視著他們，拿沙挑的那個人稍微動了動，沙挑碰撞發出脆而清亮的聲響。黃承德看見沙挑前端的金屬透出異常尖銳的光亮，隨著沙挑的搖擺，一晃一晃的。皮鞋踏地的篤篤聲靠近，宮下伍長走向他們，問：「喂，你們在幹什麼？」

高壯的客人仔面對伍長，指了指身後一個臉色蒼白的人。「榮祥不太舒服，讓他在坑道外面工作，我們照顧他會比較方便。」高壯的客人仔用日本話說。榮祥細細咳了幾聲。伍長猶豫了半晌，抬頭看了客人仔一眼。他們手中的沙挑又被稍稍提高了些。

「時間也差不多了，兩組互相交換。你們可別偷懶，今天一定要挖到預定的進度才行。」伍長刻意對張仔大聲說。阿勇睨著伍長。張仔沒有多說什麼，停妥板車以後走向客人仔，抄起地上的尖喙掘仔，進入坑道內。阿勇從他們那裡接過電土燈跟上，金水和黃承德則各自拿沙挑、肩扁擔跟著走。

坑道約有一人高，寬度勉強可容二人並肩通過，頂部和兩側以木框架及樑柱支撐，中間由細瑣而繁亂的木楔勉強榫著。聽說他們現在挖掘的這條坑道，將在某處與另一條更大的坑道相連；聽說遙遠的山裡有另外一群人正在開挖築造指揮部、兵營、哨點和壕溝，但這都只是聽說。塞滿光的坑口在他們身後慢慢遠去，眼前坑道凹凸的壁面還積累著少量餘光。前晚的雨水濕入坑內，讓坑口的地面泥軟溜滑，步行其間，彷彿正要走進某種動物的嘴中。

風從背後極慢極慢的吹來，滿溢著泥土被履踏翻開後潮濕的水份，水氣漫進支撐坑道的木頭內，蒸出朽壞的熱氣。他們呼吸黏重，直至感覺不到風，黑暗漸漸被他們吐息在前方。看不到路了，刮擦番仔火的細聲斷續響著。黃承德看見瘦弱的火在前方顫著，阿勇的側臉先被光線浮起，接著火焰被他的身影短暫遮住；不久，電土燈猛烈的亮了，光線由噴口處湧出，坑道被一種爆炸似的光閃佔領。走在最前方的張仔，回頭望了阿勇一眼；阿勇謹慎的將火一點一點扭小，光線慢慢潮退了；坑道還很深，四壁被沙挑挖開、鋤頭掘出的各種痕跡，隨著光線扭轉拉長。張仔繼續朝前走，飽漲的光讓低矮的坑道更窄了，他的身影顯得有些拘束。黃承德覺得兩眼花亂，腳下明明暗暗，幾乎無法確知自己行走在何處，又朝著何處在

❶ 單人用無蓋防空壕，多設置於道路邊緣，作為臨時掩護之用。

走；他回頭朝坑口望，看見那裡被遮著，有人影併開光，那影子走得慢，腳步聲偶爾才隨著稀疏的風流到他們這裡。

「客人仔猴。」走在他前面的金水喃喃道。

電土燈吐出的光順著坑壁推移前進，溜過掘下的土石堆，直到坑道最底部。張仔已經站在那裡，阿勇將電土燈擱置在角落，他們的影子被歪斜的火光甩得極長。坑道底部的空氣悶著，他們滿身汗，木框架腐爛的味道已經遠離，四周只剩他們的身體在發散出空洞的氣息——此地發配的框架不足，坑道後段幾乎再無支撐補強，幸得山體岩質剛硬，應無落磐崩塌的疑慮。張仔約略看了看眼前的坑壁，不多說，隨即尋一處先前敲挖出的痕跡鑿下。愈往山內掘，土石愈堅實，沙挑和鋤頭漸漸使不上力，甚至連尖喙掘仔也無法抵禦損耗，挖掘的速度正在變慢，但無有他法，只能繼續讓挖掘工具壞毀，如同他們的身體和時間終究也只能選擇壞毀一般。

黃承德和金水把畚箕放下，開始將土石鏟入畚箕中。握緊沙挑，黃承德兩手搭鏟柄，感覺其間的木紋和自己的掌紋相契，光偶爾才潑到眼前，明亮度只足眼睛一眨。睜目如閉目，閉眼便難免默禱——就像在雕刻神明的那段時日。他想。彼時他才出師，跟著師傅在大廟旁的店頭幫人雕神像，他們總是等到日子好、時辰佳，才備辦祭品，燒香拜神，開斧動工。黃承德從沒真正見過神，店內收藏的佛道神像圖他都覽遍了，祂們的法器、手勢、姿態和眉目也都記熟了，但依然沒見過神，沒有見過神移步踏入他的夢土中或視野裡，不過他相信神明確實存於某處，並在那個渺遠難知的地方諦聽他的願求。

一個客人仔終於來到坑道底部，扁擔兩頭各自懸著空畚箕。那人站在他們身後觀望了一會，卸下空畚箕，挑起黃承德和金水鏟妥的廢土後，隨即往外走，身影朝坑口晃悠而去，光又被遮住了。電土燈久未清理，火光一陣一陣，有時候黑暗會逼得很近，近得幾乎可以感覺到黑暗的重量。在無邊的黑暗下，黃承德想得極遠極遠，他想像遙遠的地方、尚未出世的孩子，以及妻子阿月。神明聽得到她們嗎？黃承德暫時停下想像，讓心緒靜如無風的竹林，盡可能使自己的祈求無比虔敬，而那樣敬肅的時刻比須臾還短暫，只夠他求告一事，不過他也只有一事相求。他默默祈禱，落下沙挑。

5.

揭下戰鬥帽，許政信才看見頭頂那些面朝自己的樹葉和枝椏，正在滴落深淺不一的黑暗。大概夜已深了，或者仍是午後。

南方島嶼的午間總會下起猛烈暴雨，雨前流匯的烏雲會搭在參天的巨樹上，將天光遮蔽得極為嚴實，要到雲被水氣漲破摔出轟隆的大雨以後，方能把天地洗亮。但是叢林太深了，日照得在樹頂的闊葉、鳥群、昆蟲的巢穴，以及翻滾跳躍的猿猴之間迂迴許久，才能淌至巨木根處，因此森林底層的白晝遲來早去，夜晚在這裡特別漫長無盡。

他們慢慢上行在一處緩淺的坡地上，坡下的闃暗極濃，比最深邃的洞穴還要無底，似乎什麼都在往那裡掉落，只有雨後的水氣還能沾著不動。所有人的衣服都在雨中全濕了，但叢林底的空氣比他們的衫褲更濕，甚至滲透一群人僅有的幾件雨衣。

前方負責探路的兩名日本士兵，從樹與樹的間隙中走下；他們垂頭沉默的走著，似乎沒有發現，找不到路。他們當中位階最高的少尉軍醫山根，環顧所有人一遍，心裡默默數算，從上衣口袋裡掏出懷中時計，覷了一眼後說：「今晚就在這裡過夜吧。」

被雨水潤濕的衣物，將溽暑裹纏在他們身上，彷彿就要悶閉他們的呼吸，但無法生火烘衣——叢林裡的任何一點微光都顯眼無比，敵軍能輕易就發現他們。其實也沒可能烘乾什麼，他們隨身的番仔火和僅有的火種大多都已受潮，叢林在任何時候都是濕的。患病的士兵和軍伕艱難的用軍毯包緊自己，蜷臥在樹下；他們感染了馬拉利亞❶，身體冷冷熱熱，抖顫個不停。但一行人走得匆忙，並沒有攜帶藥品，軍醫只能將僅有的葡萄糖塊切小，餵食重症者，幫他們維持體力，不過那無法減輕任何痛苦，他們不時發出低迴的呻吟與哀嚎。

還能坐著的都已各自就地安坐，但是一旦停止不動，飢餓便追趕上來。所有人的野戰飯盒都是空的，叢林深處糧食保存困難，食物甫摘取捉獲即開始敗壞生黏，他們只好一路覓食，一路捨去腐爛的食物，身後留下的路跡於是全部酸餿了，如今他們僅能坐等飢餓抽痛自己的腸胃後再漸漸退去。太暗了，摸索入夜闇的森林搜索食物只是白費力氣，或者還有誤食有毒植物的風險，無益的掙扎或憤怒都只會磨損自己，不如枯坐不動，不動便只有時間能夠耗竭他們。

許政信坐在一片盤繞的樹根上，身軀上懸垂的二百發彈丸和三枚手榴彈擠壓著他，但彈藥不得卸下，以因應可能的即時移動撤離或臨敵接戰。他們一行十幾人，總共帶著五柄九九式步兵銃，以及一把軍醫隨身攜帶的拳銃，僅有的三枚手榴彈，全都在許政信身上。手榴彈原本由另一名患病的軍伕揹負，後來山根少尉指示換由許政信攜帶，主要是擔心身受熱帶傳染病折磨的兵員會引爆手榴彈自殺。

「只要看眼睛就知道囉。」軍醫將手榴彈交給他時，悄聲說，「眼神騙不了人的。」

他很久沒有看見自己的臉了，叢林裡的積水既髒又污，裡面的倒影紊亂難認，望進去只會有更零落的眼神看回來。許政信把手搭在腰際的手榴彈上，閉眼聽著戰友們各自呼出鼾聲，或者哭出啜泣。眾人的哀嚎長長短短，雜有各種不同的腔調和語種。他們的鄉音平日被通用的國語收押在記憶邊角，要到極為脆弱的時刻，口舌才能夠避過曲繞，接通那些最偎近自己情感的語彙。許政信仔細諦聽，一一揀開大阪、九州、東北或者其他陌生聲腔，找到萬福仔飄飄的聲音。看不見萬福仔的臉，他的呻吟聲蹲得又矮又低、磕磕碰碰，然後突然中止了。許政信把頭湊向那邊的黑暗，好久好久，直到萬福仔的聲音再度攀過來，他才放心的垂下頭。

萬福仔家住大溪郡，十八歲時應召成為軍伕，比他還要年輕幾歲。許政信從沒去過大溪，只聽說大圳的取水口和模範蕃社角板山社都在當地。萬福仔是他認識的頭一個大溪人，也很可能是最後一個；他們的故鄉相去頗遠，不過和天涯一方的這片叢林對比，倒是夠近了。在聯合軍猶未抵臨、戰況還不吃緊的日子，二人偶爾得空閒聊，總是從桃園驛開始，一

❶ 即瘧疾，マラリア。

路說回自家庄頭，向對方細述厝外的景物陳展和山河起伏，把自己的故鄉安放到彼此的記憶之中，像在預習回家的路。

「若是……」彼時萬福仔頓了頓，琢磨著話語。

若是……望著夜色，許政信想像若是真有什麼能夠託付，應當怎麼詳慎而不致瑣碎的將自己的餘留交代清楚；但他發現那是一件極其困難的事，因為剩下的往往是不值得交代的，而無法交代的總是剩下太多。

夜晚維持著一致而固執的漆黑，沒有任何人能夠穿過黑暗，他們無處可逃，只有夢和記憶可以遁藏。夜色滿目，叢林、泥壤或者落葉俱不見，沒有風，空氣靜著，腐爛的熱氣從地面升起，四周都是敗壞的氣味。氣味牽著記憶，許政信想起厝邊那株聳立的玉蘭樹下，總擠著花朵腐朽的甜膩氣息，花期太長，摘不了的白花在枝頭熟作褐色，最後落成整地污泥。童幼的他喜歡匿在樹上，讓闊展的枝葉淹過自己，讓阿爸找不著剛從公學校放學回家的他，要到暮色初落時，阿靜才會紅著眼睛來到樹下抬頭張望他，大概終於做完爸媽交託的工作了。彼時許政信會連枝帶葉的折下幾蕊花，朝阿靜輕輕拋去，讓她發現自己，然後攀下樹，香氣薰天的和阿靜一起回家，將那太過的香氣盈滿整厝間。

許政信有一點點討厭阿靜，因為阿母說長大以後，阿靜就會變成他的牽手，但她膽小又愛哭，頭經常委屈的低著。那時他們離長大還很遠，沒有哪個孩子可以接受未來就這樣等在眼前。

「阿母，你哪會當確定等到大漢了後，阿靜伊一定會成做我的牽手？」他問。

「因為噢，」阿母想了想，「恁兩人會相等待啊。」

極弱極弱的風揉進叢林裡滯塞的空氣中，帶來遠方細柔的水流聲，聲音平緩，聽不出動靜。風應當是由塞皮克河（Sepik River）寬闊的河面穿林而來，他們由漢沙（Hansa）向西轉進時，曾從那裡渡越。彼時聯合軍自馬當（Madang）北上，師團在沿海公路佈置大量地雷以阻攔敵軍之後，隨即往韋瓦克（Wewak）前進。他們十數人在途中與部隊走散了，只能急行軍追趕，持續持續的走，走破鞋、走破襪、走破綁腿、走破腳掌，幾乎就要走壞自己了才脫出森林，遇見橫在面前的大河。天上的風翻落向河邊的他們，他們嗅到海岸椰樹成排起火飄散出的焦味、營舍內囤積的糧食燬壞後悶悶游來的苦香味，甚至是濠軍❶士兵身上陌生而厚實的體味。更高的天空裡，米軍的戰鬥機發出巨響撼晃萬物，爆彈尖嘯墜地，彈丸隨後鑿開揚起的塵土，煙似的鳥群從那裡飛出，掠過他們。許政信還記得那時天色湛藍得極為無害，濃綠的河水反映出重重光線，世界亮得無比清晰，明瞭得像一捲攤開的紙。

那裡應該沒有任何人了。許政信思忖著，粗略推算聯合軍和師團的位置，不過任何臆

❶ 澳洲軍。

測在這裡都沒用，森林本身就是一個巨大的謎。病患的呻吟似乎漸漸平靖，或者是因為他真的倦了、聽不清楚了，河水的聲音慢慢倒退，合圍的群樹噤聲，只剩下他們還在這裡。靜默裡，山根軍醫似乎還在檢視病患，他的靴子偶爾踩斷地上的枯枝，發出劈啪的脆響。

「少尉閣下，」有人突然開口，音聲低微，「我們到底要往哪裡去呢？」

山根少尉朝另一頭走去，許久後才聽見從那裡傳來聲音說：「我們朝山那邊去。」

然後是一陣漫長的靜默，以及隨之而來的，疏散的光。許政信仰首看見樹頂的葉片被抹亮，碎開的餘光自葉與葉的間隙輾轉淌下，流落的光蒼白而尖利。每個人都看到了，他們抬起頭，仰望的表情茫然，在極短極短的數秒間，就只是不動，像垂落的光那樣靜止。接著是一道遙遠、充滿弧度的聲音在往下掉，最後裂破空氣，摔出龐大的聲響，他們感覺到腳下的土地於爆響中震動，像一面鼓被擂著，搖得一切花亂。

聯合軍來夜炸了，他們直覺的趴落地、張開嘴、雙手姆指堵耳道，四指掩雙目，揹步兵銃的士兵單膝跪地，舉銃對空警戒，連病患也勉力翻身伏著。叢林底層，落枝枯葉於積水中裂散瓦解的氣味滿著，趴臥的許政信感覺世界在自己的胸膛底下一跳一跳的顫動，逐漸和他的心搏合拍，恐懼和畏縮消退了，他移開雙手，張開眼睛，看見天地在上下，樹頂斷折的枝枒葉片被震落到面前的坡地上，夜空開闊了，照明彈的熾光在那裡爆漲如白晝，發動機激烈的運轉聲在靠近，更靠近，刀刃般的劈入他的聽聞之中；接著，一架戰鬥機的機腹滑過他們上方，機翼上塗有米軍軍徽，近到可以看見熾紅的機槍口一縷一縷的滾出熱燙的煙氣。

他們看得見的天空空了，爆擊和掃射猶在繼續，但他們都已不得見。照明彈仍未熄滅，所有人都還不敢移動，山根少尉背靠著一株樹蹲著，樹與樹之間散下的細弱白光，明亮他扎滿鬍鬚的臉，趁著光，他注視著手裡的指北針辨識方位。照明彈落到底了，光退開，炸射似乎停下了，叢林裡比先前還要寧靜無聲，所有人都沒說話，默默聽著軍醫手中的指北針發出指針轉繞磕碰盤面的碎響，而那聲音一直不停，一直不停。

八月三日

6.

午後的日照終於更加偏斜，時間又過去了一些。陽光在許政義身上已經停頓許久，即便有戰鬥帽後方的垂布遮蔽，他依然能夠感覺到頸項久經曝曬後的灼痛感。他手中的三八式小銃被炙得滾燙，藥室燒得幾乎要爆炸，好在裡面一粒彈丸都沒有，連他腰帶上裝著的藥盒也是空的。

開闊的飛行場上四處是光，紅土已被燥乾碎解成細沙，熱風一過遍野塵煙，由滑走路漫過誘導路，天地之間無處不受襲擾。站在滑走路的邊角，許政義目見淡藍的天色撲過一片赤黃的飛沙，然後轉瞬退去；他眨眨眼，濾開沾上視野的沙土，謹慎的朝左右兩側蔭蔽處的掩體觀望一陣。飛行場所在的台地空曠，原有的樹群草木多在闢建飛行場時被剷除，罕少的樹蔭泰半都蔽生在戰鬥機掩體周圍。廣大的台地上，飛行場與田野的界線不明，用作戰鬥機密匿的掩體散佈四處，稍有疏忽便極可能遭人闖入。傳說島內潛伏著許多米國間諜，四處勘測蒐羅各地軍事要塞的資訊，不久前便有一個喬扮作廣告員的米國人，在宜蘭被憲兵抓獲。

防空陣地零落分佈在飛行場外圍，許政義知道其中幾處陣地是假的，沙包堆置得草率，朝天昂立的防空機關銃是竹子削片沾水燒彎編製的，用來拐騙米軍軍機。竹機關銃是由大溪街警備召集徵來的警備兵員編成，那裡木作手藝興盛，匠師眾多，組湊起來的竹機關銃看上去比真的機關銃還要具有威脅性。飛行場的駐紮部隊見之甚喜，要求他們另外趕製更多竹編戰鬥機，同時也用竹片做骨架，再於表面糊裹上厚厚的泥土，搭蓋容納假戰鬥機的掩體，於是隨著熱氣竄升，飛行場上方總浮游著大落大落竹林中才有的青綠氣味，而台地上的竹林也因此幾乎被斬盡死絕了。

其實，防空陣地是真是假，都已經沒有差別了。許政義想。軍部嚴禁各部隊在遭遇米軍空襲時開火還擊，據說是為了避免米軍因此掌握地面部隊的砲火位置。他們經常望著米機悠哉的橫過大半個天空去往遠方，防空陣地裡操作機關銃的古兵也已經對那樣的天頂視若不見了。

回想起來，八塊厝飛行場最近一次的發進，已經是兩週前的事了。彼日午後，飛行場上空盤繞著五架編隊的零式戰鬥機，轟隆隆的運轉聲由上方披落下，四周的空氣都被輕輕震盪著，許政義感覺到肩胛及頭頂上一股難以言喻的麻癢在搔逗。他們與其他幾名整備員，一同將作為特攻機的九九式襲擊機從掩體推至滑走路，機上似乎已經沒有武裝，草綠色的機身看來沉重堅固，推動起來卻意外輕巧，那給少年們帶來一種極為不祥的預感。推著特攻機，少年們看見滑走路周邊有數十名士兵持銃警戒，遠方的指揮所前豎立著數面白色大旗，看不清旗面上的字句，而他們也不想看見。將特攻機移動到定位以後，少年們紛紛加入警戒行列；像是要逃離什麼一般，他們各自低著頭，朝滑走路的外緣跑去。特攻機的引擎啟動了，地面的聲音接續空中的聲音，整個世界都鼓譟起來，午後的幾朵疏雲不安的浮晃飄開。距離稍遠以後，許政義才發現特攻機的機腹處吊掛著笨重的筒狀物，與飛行機的影子密密貼合在一起，沒仔細看是不會發現的。他望向遠處的小林，隱約看見小林微微張開嘴，露出一種近似讚嘆的表情。

那一定就是二十五番[1]吧。許政義想像那個神情可能發出的聲音。

突擊喇叭似乎響了，也或者沒響，發動機沉重粗糙的聲音太大，讓許政義什麼都聽不見。在沒有其他聲音的那段時間裡，特攻隊員們在飛行機旁站定，日光下，飛行服和半長靴顯得無比簇新，白色圍巾順風由頸項間向外翻飛，似乎風流自於他們的身體，可能也只有風能夠容納他們。許政義聽說農校初屆的泉川先輩也是戰鬥機操縱士，於昭和十五年（一九四

[1] 即二百五十公斤的炸彈。

〇年）以農校在學身分，考取少年飛行兵，前往內地就讀飛行學校，接著升任陸軍軍曹，參與去年十二月的特攻。後來他在比島❶海域散華了。

特攻隊員各自登上飛行機，頭頂的飛行鏡間歇閃出不定的耀光，許政義看著那點點的、脆弱的光刺進自己的眼睛裡，就那麼一瞬間而已。特攻機沿著滑走路緩緩移動，機翼上下擺晃著，赤紅的乾土追著飛行機的尾部四處噴發，然後沙塵似乎停頓了半晌，剎那間，機首便隨著龐然的尖嘯仰起，由地面拔高再拔高，撲進午後漸轉血紅的天空裡。座艙罩還沒關上，特攻隊員的長圍巾由駕駛艙內伸出，然後他們各自探出手，朝飛行場拋下一些曾經屬於他們的東西，那大多是飛行帽、飛行鏡，或者是一包印有十六瓣菊花紋的天皇恩賜菸，而今它們不再屬於誰，任何人都能拾起或隨意拋棄。他們收回手，許政義似乎看見潔淨的白色圍巾還在天空裡一晃一甩，直到座艙罩被拉上後才徹底消失。

特攻機和護衛的戰鬥機群在空中編組，機身側斜兜轉朝彼此擠聚，機翼底面殷紅的日之丸吃飽了太陽，在天頂發散出微弱熾光。許政義抬頭望向數雙徘徊在眼前對裁天幕的機翼，當特攻機的影子被剪落到地面，他也跟著放低視線，注視那些破殘的機影滾動在沙土間。然後，陰影消失了；他再度舉頭，望向已重新開放的天空，彷彿什麼都沒發生過，只有天際邊緣的雲朵依然留著即將合攏的飛行航跡。

這沒有意義。游這樣說，許政義想起游曾經這樣說過。

自從那次發進之後，八塊厝一帶便極少發見米機，只有飛行在天頂更高處的偵察機偶爾掠過，從高砲無法觸及的地方往下探照。軍部仍在積存蒐調戰備物資，臨近的八塊厝部分民居早被軍部徵用作為堆置物資的地方，少年們都曾經一起推拉著沉重的板車，載運大批大批的糧食到飛行場外圍的倉庫；在那裡，飢餓的少年們將一包又一包的白米、少見而簇新的罐頭，以及又濃又鹹的瓶裝醃漬物整整齊齊的疊放妥當，然後等待看守倉庫的士兵在他們面前關閉大門，鎖上一把亮晃晃的鎖，像是某種關於時間的隱喻一般。

戰爭還會一直持續下去。許政義隱隱覺得。沖繩的戰況應已底定，但軍部似乎仍堅信敵軍必將於台灣上陸，猶積極備戰。少年們平日除了強固陣地和守衛飛行場外，也在指示下打造防禦用的兵器。他們合力搬來大溪線輕便車道廢棄的舊鐵軌，以工具器械打造刀鋒鈍、刀身笨重的長刀；金屬用盡以後，他們也削竹篙製作長槍，當作肉搏戰的備用武器。

「武器的良莠好壞不是重點，身為皇軍，身為天皇陛下的子民，生來便得要捨身侍奉天皇陛下和大日本帝國，只要你們身上有人和魂，就能夠戰勝英米鬼畜。」檢整製作完成的武器時，軍曹這麼說。新劈的綠竹和鋒利的鋼極為割手，有些少年的手掌因此滲出血絲，但他們不敢稍動或喊痛，血液悄悄流向指尖，垂墜聚集著。

---

❶ 即菲律賓。

些許碎沙還纍在他眼中，許政義空出一隻手揉過雙目，輕輕晃了晃頭。天空中無一物。許政義看著台地邊緣成落的山群，雲影稀疏的飄浮其上，那底下藏有披覆著偽裝布的防空監視所，負責監看周邊的敵機動向，當視線不良時，也靠耳朵監聽、辨認敵機。飛行場周邊的高砲陣地以電話機和監視所聯繫，以利地面部隊應對反擊。

許政義愣愣望了半晌，垂下頭，看見飛行場旁的稻田直直綿延到台地邊緣，稻仔微微抖顫，日照在分明的稻穗頂油著，赤陽曝得稻仔薄薄。許政義想起自己曾赤足走過的所有稻田，想起那些規律的節氣和時令，想起家人，同時也想起等待。

他決定不再想了。

有個人影穿過稻田，順著田岸走來，步伐凌亂，身影裹捲著一片暗紅，遠遠看不清臉孔。許政義注視著人影逐步逼靠接近，慢慢識出那人頂著一頭長鬈髮，穿一件髒洋服，裙襬被偶爾飄過的微風拈起，晾出一雙打赤腳的腿，腳背和小腿上沾著一層又濕又重的泥土，但是那雙腿絲毫不見疲憊，只逕直朝著滑走路過來。

「頭前袂使過，緊轉去。」許政義以台灣話喊道，輕輕擺了擺手裡的小銃；稍微想了想，又改用國語說：「不准靠近，此處是軍事要塞地帶。回去吧，秋子。」

遠方的那人停下腳步，似乎咕噥了些什麼，但許政義聽不清楚。

「但是，但是我還沒找到我的丈夫啊。」風又來了，秋子惶惶的囈語順著風過來。她的頭髮被風撩起，露出沾滿泥漬的臉孔，疑懼的眼睛在午後的光線裡晶亮著，仔細看，許政義才發現她的髮絲糾纏結成一片，恐怕許久未曾梳洗了。

秋子是八塊厝一帶出名的瘋人，學徒兵公用外出或是到街市搬運物資時，經常遇到她。她不時在街路上搖搖晃晃的走著，全然不理會自己的髒污，同一件洋服能從日曜日穿到土曜日。她說著一口流利標準的國語，聲調的抑揚總落於恰當的位置，但語句的邏輯常踩在險境。秋子問少年：你們有看見我的丈夫嗎？你們知道我的孩子嗎？你們遇過我的父親嗎？你們曾到過那裡嗎？她的疑問經常抽換，也常問一問就哭了，哭一哭就笑了，走遠，然後再走近、離開，接著回來。

少年們知道的秋子大抵如此，只有長一輩的當地人才知道秋子本來不叫秋子，至於她原本的名字則已經沒人知道了。她曾經在街市上的病院工作，是庄內少數的高女卒業生，父親是地方上著名的協力者，積極為秋子尋覓合適的內地夫婿，亦有許多人到她家說媒，但秋子似乎從未接受過任何一個人。庄內流傳她深愛著一個人，謠傳那人是一名漢醫身旁的配藥生、是一個製茶廠的製茶師傅，或者是一位來自大溪郡蕃地的生蕃警手❶。據說秋子曾經懷了他的骨肉，但很快就被她的父親灌食湯藥打掉。反正不管究竟是何人，庄人都知道的是，

❶最基層的警察雇員，多只設立於蕃地，主要工作為協助巡查執行勤務。

那人在大東亞戰爭爆發之後，便被郡役所徵召前往支那戰場，最後死在那裡。那段時間，秋子經常日夜的等著，在庄役場和大路邊的公共汽車發著所守望，最後因久候愛人歸來不可得，精神開始渙散，每天步行來去尋覓情人，把腳上的鞋都走掉了。等得愈長久，她會使用的字句便愈短少，直到有一日，庄人們發現她棲宿在街邊的亭仔腳，怎麼向她問話，都只換到一個癡笑，和幾句用國語回應的胡言亂語，庄人們才真切的確認秋子瘋了。秋子的父親曾經派家裡的使用人來勸過幾次，也曾經找人抓手抬腿、粗魯的將她架回家，但不多久便又見她在庄役場前面徘徊。家人大概是放棄了，任由秋子四處遊蕩，但也因此引來苛責的耳語，於是她的父親索性賣掉家裡的洋房遷往他處，然後留下一些錢財，委請厝邊幫忙看顧女兒。對此，厝邊頭尾也沒解方，幸好秋子雖然失常，倒還不至於傷及庄人造成困擾。庄內的老婦人若遇見她，會端一碗湯飯給她。病院為她保留了一間病房、一張床，待她想到時將自己留在裡面；她偶爾會回去過夜，但天一亮就離開，隨便找個角落站著，那裡就是遠方。

去年飛行場落成以後，秋子便不時往飛行場來。沒人知道為什麼，也沒人有餘力知道。隨著飛行場完工，八塊厝一帶遭遇米軍空襲的頻率增加了，人人難保自身，唯獨秋子可以把日子過得一如往昔；大概在她眼裡，日子早就不是日子了。

現在秋子站在那裡，午後的蟬聲遠遠，鹹重的汗淌過許政義的鼻尖。他把小銃抵緊肩窩，看秋子被風滑過；她的洋服似乎沒有重量，總是俐落的盪在風裡。可能她並沒有感覺到燠熱的日曬，也可能所有溽暑和嚴冬都與她無關了。秋子瞇起兩眼，然後睜開，終於又要開口說話。

「小孩在那裡面玩耍喏。」她這樣說。

許政義沉默一會，往前站了一小步。「現在立刻離開。」

秋子表情迷茫，好像眼前有一片朦朧的霧氣。她似乎又說了些什麼，但逆風了，許政義什麼都聽不到。

「喂，秋子！」薛的聲音喊著。許政義回頭，看見薛正穿過滑走路朝這裡走來，腰際佩掛著藥盒，應該是下一班衛兵。

「喂，秋子，妳的孩子到國民學校的運動場玩耍了，不在這裡。」薛以國語說。許政義發現秋子的眼睛亮了，她急忙整理裙襬、拍拍衣服上的泥沙，兩手交疊在小腹前，朝他們鞠躬致謝後轉身走遠。她走上田岸，在朝西垂落的日光中消失不見。

「好熱啊。」薛走到許政義的身旁，望了望前方不遠處藏有掩體的竹林，然後注視著田地裡的稻仔喃喃道：「不知道水稻的增產量能不能符合庄役場的規定。」

秋子去哪裡了？

薛轉頭望著他，有些歉意的表情。「啊，換班時間到了吧？」

「秋子去哪裡了？」許政義問。

「秋子？」薛頓了頓，「我怎麼會知道呢？」

「那麼，你懂得她在說什麼嗎？為什麼秋子聽完你的話就走了？」

薛瞥了他一眼。「反正她總是在找那些找不到的人，沒辦法找到的人到處都是，只要讓她繼續找就好了。」他淡淡的笑著。「不需要當真啦。」

許政義應過聲，遞出手裡的小銃。交接完畢，小銃在薛的手裡繼續發出刺目的光，但許政義感覺武器的溫度和重量還在自己的掌心裡，一時無法退去。他轉身朝滑走路走去，踩上粗礪的沙土，眼前的天地好開闊，但除了開闊的天地以外難見其他。他憑耳聽聞，知曉稻仔在擺動、鳥在展翅、蟬在鳴響，而風在亂流，然後風停了，所有聲音退去，再退去，只剩軍曹的喝斥和學徒兵隊的呼喊自遠方傳來。許政義往那挪步，日頭更斜了，將他腳下的滑走路灼得極紅極紅，像道傷痕裂向天邊，就要接上將垂的斜陽。

7.

夜晚愈來愈幽深了，但無能知曉其深幾許。早已過了尋常入睡時間，但阿綿嬸仍偎著窗，一對眼睛湊搭在窗櫺邊，想透過厚重的黑紙與黑紙間，窺見屋外的景象，但她什麼也看不到。現在毋知幾點矣？阿綿嬸想，把臉側靠向窗戶，彷彿想從屋外的動靜聽到時間點點流過。

正廳內，臭油燈在桌上隱隱亮著，阿才伯穿著件寬而舊的漢衫，半蹲半坐在矮凳上，正悠慢悠慢的從身旁的斗籠內揀出番薯，以手中的短刀將髒皺的皮削去。番薯擱在灶腳太久，半數都快要出芽了，他邊削皮邊以刀尖挖去淡青的芽點，然後才把橙黃的番薯放進兩腳間埋著的一口大鍋裡，準備稍晚再用銅銼把番薯全部剉成籤，明日趁早晨天光曝曬乾燥。暗時光線薄弱，阿才伯目珠花花了，偶爾被小刀戳傷手指，他脾氣稍鼓起，一把將手中的番薯摔入鍋中，炸出匡噹噹的聲響。他抬頭見妻還俯在窗邊，煩躁的斥道：「你是佇遐創啥？」

「佇咧等𪜶啦！」阿綿嬸不快的回應。

「等啥人？」

「就……」阿綿嬸低下聲，連身子也不覺的跟著壓矮了，「走闇市❶的人啊。」

阿才伯繃緊嘴唇，哼哼出聲。「這我知影，我是講你佇遮等，是等有人喔？」

「無，你厲害，你等。」阿綿嬸回嘴。

厝間外傳來細而遠的狗吠，阿才伯和阿綿嬸二人同時噤聲。聽犬隻的咆叫層層疊高，接著漸漸淡去，暫息一陣後，吠吼又自另一個地方傳來，比前次更近了些。阿才伯放下刀起身，伸手探了探自己的腰褲頭。阿綿嬸旋身從正廳角落揀出一個被紮捆捲起的深藍色布包，兩手捧著，珍重的遞給丈夫。他們二人齊齊靠向門邊，站定，犬吠聲又停了。

「較好嘴咧。」阿綿嬸說。

「知影啦。」

「較小心咧。」阿綿嬸頓了頓，又說：「提著物件了後，就愛會記得斡去揣阿梅。」

「好啦。」查某人啊。阿才伯心想。

阿綿嬸隻手掩著桌上油燈，正廳逐漸暗下，直到黑暗終於均勻，不再有光之後，阿才伯方推門出去。穿出自家的厚竹圍仔，阿才伯走上水田間的道路，腳底的影子黯淡，他舉頭望天，看見月娘彎彎勾在刺竹叢雜亂的梢頭。已經二十六了，月光稀微，所幸尚能看見路途與自己的腳步。又閣一個月啊。阿才伯心裡想著，但是連他本人也不太能拿捏得準自己的想法；如今，他愈來愈不清楚時間留給他們的究竟是喜是悲，他無法知曉如此的日復一日，是能得到更多，亦或失去更多。這讓他心頭惴惴，卻又無法說給誰聽。無法度啊。阿才伯晃了晃頭，再次伸手探向褲頭，裡面藏有幾張壹圓和五圓紙鈔，薄而輕，然後又掂了掂右手環抱的那捲包巾，稍微穩住情緒，逕直朝前走去。

四野寧靜無聲，連風都寡少難尋，阿才伯沿著圳溝邊，順水聲朝八股陂的方向走。趁著淡薄月色，他遠眺幾落水田外寬敞的自動車道。那條道路可以銜接到新庄仔和大坵園，路旁植有綠蔭蓬鬆的路樹，走遠程的人泰半都會從這裡經過。阿才伯晃了晃頭，側耳諦聽夜的內裡，像個漁人般張網撈起幾許零碎的聲響。良久，陂仔腳那頭吠起短短的狗叫聲，於是他跨大了步伐，朝那裡走去。他揀田岸走，走得不快但方向篤定，靠記憶和腳底覺感田土的軟硬與走勢，逕直走著，趕在第一陣狗吠剛要停下時，終於在陂腳底鬼森森的竹圍外碰到他們。

那是一個乾瘦的年輕人，體形並不比現下猶能遭遇的其他年輕人高大或矮小，但他身上的衣衫仍然稍嫌短小。他站在竹圍底邊的小徑上，兩手擺在褲袋裡，散散的掃視四下的黑暗。年輕人終於發現阿才伯時，阿才伯已經兜繞過縱橫的田岸，來到他面前。他直覺的把手從褲袋裡抽出，一對眼睛隱隱閃爍著狐疑而緊張的微光。阿才伯打量著年輕人，暗夜裡看不清他的表情，阿才伯猜想自己的神情應該也藏得極好——無的確伊是憲兵抑是特高[2]假的咧。

❶黑市，源自日語やみ（yami），漢字是闇。

阿才伯想著。如今要清楚辨識另一個人的身分，竟然那麼困難。他在心裡低低嘆息著，將那領包巾由脅下舉高到胸口，以兩手捧著，緩緩湊向年輕人，然後輕輕拏響手裡的布包，碎碎的聲音像成片成片相互磨撞的沙礫。年輕人似乎懂了，他上下瞥了阿才伯幾趟，才終於轉向小徑的另一頭，伸長手臂對那裡大大招展著。

狗吠又再度揚起。越過年輕人肩頭，阿才伯約略看見暗夜小徑上走來幾個肥大厚實的人，他們的身形鼓突異常，脹著某種鬆散虛軟的份量。領頭的男人穿著一套寬大的洋服，戴著一頂優雅的帽子，手上提著一只胖厚的皮包，打扮得像是城裡會社的職員；在他身後幾步還有一名挺著滾圓肚子的孕婦，以及一個以揹巾裹偝紅嬰仔的中年婦人。他們的身體都擺著怪異的弧度，關節與關節間彷彿搭撐著僵硬的支架。為首的男人將目光迎向阿才伯，緩緩停下腳步，狐疑的瞥了瞥一旁的年輕人。年輕人附向男人的耳朵說了幾句，退開，輕輕頷首，隨即沿著小道朝陂的另一頭快步走去。

男人持續凝視著阿才伯，阿才伯則猶疑的面迎對方的凝視。閣來咧？他想著，暗暗為自己的處境嘆息。莫躊躇矣。阿才伯微彎下腰，將包袱擱在地上解開，當他再度站起時，一套洋服自他手中流洩，濺了一地清亮亮的微響，洋服連裝帶褲，衣袖褲管皆長，隻手無法盡展，阿才伯還得闐出另外一隻手搭著尾端，免得乾淨嶄新的布料潑到地上，讓小徑的爛泥巴給污髒了。暗微的月光倒映在布料的經緯上，轉瞬亮過所有人然後消失，但男人眼中耀出的爍閃是遮掩不住的，他稍低下頭，把臉藏進更深更暗的陰影裡。

狗吠又停下了，所有人都站立得比黑夜更加靜默。

「你想欲創啥？」男人問，嗓音扁而緊，彷彿胸膛被什麼東西壓著。

阿才伯把洋服一折一折的收回，藏著的東西收攏時很小，攤展時極大；他慢慢的整理，用布巾將衣服包裹好，然後拎起包袱再度夾進脅下。阿才伯找到男人匿在黑暗中的眼睛，注視著。

「我欲佮恁交換物件。」阿才伯道。

「你想欲換啥？」男人說。

「我欲換雞，規隻的。」

男人噤聲片刻，有意讓沉默延展，許久後才說：「你想欲換偌濟？」

「四隻。」阿才伯盡量使自己的語氣強硬一些。

男人深深看著阿才伯手中的包袱，音聲低平的說：「兩隻。」

「無可能，這軀衫上無嘛有六十圓。」

「這馬政府猶佇咧禁奢，無人穿洋服啊，真歹銷。」男人說，「這無效矣，無人愛矣。」

---

❷ 即特別高等警察，戰時主要負責言論及思想管控，也有處置左翼運動的職責。

「這領衫布料偌好咧，就算是佇都市所在，也無一定揣會著。」

「台北無人欠衫啦，阮一逝路走遮爾遠，無可能紮無人欲買的物件去遐。」

「你免牽拖遮爾濟，橫直這一定毋但這个價。」

「欲信毋信由在你。」男人說，「毋相信你就去揣別人，阮嘛無差。」

阿才伯稍抿著嘴不說話，希望能看清楚男人的臉和臉上的表情，但黑夜蔽著那張模糊的容貌。他試著輕輕咳兩聲，發出一點沉著穩當的聲音，可是發覺自己的口舌乾燥無比，幾乎含不住任何有用的字眼。半晌之後，他才低微的說：「好啦，若無就兩隻，兩隻就好，算是我了本……」

男人側過頭瞥向身後的二人，似乎碎聲在交換著意見。阿才伯的手不自覺的輕輕顫抖著，他用包袱小心掩飾。許久，男人回過頭面朝阿才伯，刻意以一種憐憫的語氣道：「兩隻，無法度較濟矣。」

阿才伯暗暗吁出一口氣，應了聲好。男人向他走來，左右手一起將自己身上的洋服揭開，翻騰出一股雞稠、鴨寮才有的濃重臊味。藉著稀疏的月光，阿才伯看見男人裹在大衣裡的肚腹上纏掛著雞鴨，腰帶繞過禽畜的長脖子，吊掛出一排半白半烏、業已死去的眼睛、嘴喙，無法清楚數算的雞爪、蹼掌、羽毛蓬鬆的翅膀，幾顆光禿無毛的尾椎；男人的胸口處還緊緊捆有兩份拆裝成小包的米袋，米粒滑動出鬆鬆的聲音，穀包紮著呼吸，他只能淺而短的喘息。大片大片的雞鴨和穀包後，男人貼身穿著一件髒污的漢衫，衣上落滿赤黑的血跡和色彩斑斕的羽毛，稍一動彈，那些顏色就危顫顫的抖落，使哪裡都像屠宰的現場。男人正要從腰帶上解下雞隻，布帶捆得太緊，他左手搭著大衣、右手扯著雞頭，扯得雞頷頸處掉了毛，羽翎撒進夜色裡。終於，男人出力一個扭擰，從身上拆落了那隻雞。他平常的取下另一隻，拎著翅膀，將兩隻雞提在手上。阿才伯解開包袱，把衣服遞給他，同時接過那兩隻雞。

「這兩隻雞哪會遮爾瘦？」阿才伯以手掌托著雞，略略估量後問。

「現在連飼料也佇咧管制，按呢差不多啦。」男人回應。

「敢有較大隻的？」

「無矣。」男人說，刻意大大的搖著頭。「攏平大隻。」

阿才伯垂首沉默，不再多問，彎身忙將兩隻雞捲裹進布巾裡；許久，他才將包袱整理好，掩進衣服裡，綁縛在自己的腰側。男人蹲著，也把衫褲疊妥，以一捲糙黃的紙將洋服包起，收納進大皮包中，皮包內露出青青的暗光——那是一綑又一綑以月桃葉紮起的豬肉，鼓脹著，散發出生豬油和肉的腥甜氣味。男人收闔起皮包，抬頭，發覺阿才伯的視線，輕輕咳了一聲，起身將衣襟整好，重新讓自己看起來像一名初履新地的外庄人。他稍稍拉低帽簷，側首朝身後兩名同伴使了個眼色，逕自順著小徑往陂的另一頭走。另外兩人停在暗處太久失去戒心，阿才伯看見行經身旁的孕婦懸著一個垂至腿胯的肚腹，而婦人背上的揹巾則拱出一個豬鼻子和一隻豬腳。他知道，他們將頂戴這一身古怪的穿搭，走夜間的山路經大坑、樹林口和新莊，到台北大稻埕的闇市賣出滿身的豬雞和米糧。都市比庄腳更欠物資，肉和白米都能賣得極高的價錢；經濟警察泰半不會為難他們，因為倘無闇市提供中南部的物資，台北城早就不能住人了。

尋思間，他們已經走遠，僅地面還留有幾絮雞鴨的羽毛，一股風短短捲過，就什麼也沒有了。阿才伯撫著自己的腰側，感覺那些沉甸甸懸在身體上的物事。他謹慎的拉整妥衣服，遠望四野，見庄頭的竹林田園和水圳在晦暗的月娘下沾著冷涼而可疑的光，淡風搔過竹圍，響出迴聲滿庄。犬吠又來了，阿才伯嘗試低低喝止，但齜咧的聲音還是不止息的追向他；他放棄了，乾脆踏著那片聲音走。離開狗叫聲，背過身後的陂，衫底的雞爪雞翅雞頭雞喙勾著阿才伯的腰腹，他一手護住掖著的包袱回到圳溝邊上，月光仍淡，每個路口都能夠岔向另一條小徑，和某戶人家聳立的竹林。他在其中一個分岔口站定，然後四下觀望，把所有景物覽過一遍，確定月娘是遠的、犬吠是遠的、圳溝水是遠的、一切好壞都離自己遠遠的，這才安心的轉進小徑，繞入一片竹圍仔內。

竹林後是一間三合土厝，稻埕邊散搭著幾疊破斗籠和幾支鋤頭，土厝四壁闃黑，望不見半絲火光。阿才伯行至正身門前，接著來到土牆上的窄窗邊，將臉靠向密實黑暗的窗戶，低低道：「阿梅，我阿才啦，我替阮某送物件過來。」

話語畢，仍然閉闔的厝間內似乎隱隱騷動起來，窗上糊貼的黑紙被揭開一角，短暫透出些許細碎的光後又再次掩上，木門被小小推晃出一段嘎呀聲，但旋即再止息於更廣大的寧裡。阿才伯離開窗走向門邊，隻手扶牆等待。他試著小力推門，但門還緊緊關著。

「有偌大隻？」門後，阿梅細聲問。

「差不多兩斤，」阿才伯回答，「阮阿綿欲提的物件你敢有準備？」

「有啦，有啦。」阿梅說。

阿才伯左右瞥看了一會後，揭開衫服，卸下包袱，從裡面取出一隻雞，稍微想了想，又改取另外那隻稍微小一些的。他輕輕拍了拍門，眼前的門扉便開出一道細縫，沒有光的土厝內闃暗幽深。阿才伯伸手將雞隻遞進去，屋裡也隨即有人接住取走了。他空著手在門外等著，稍後，一小份布巾包裹的物件被擱置在門檻邊。門又被闔上了。阿才伯在緊閉的門外蹲下，於廊簷下攤開包巾，細細整理包袱內的所有東西，直到妥適了，他才將包袱重新束上自己的腰際，起身踱出稻埕。離開竹圍仔，不知何處又傳來狗吠，阿才伯聽而不聞，似乎已習慣了。

不知庄頭哪戶的狗在叫，阿綿嬸聽聞著，心頭緊緊，憂懼東西，暗自揣想現在可能在庄內來去的人，想像中的每個人似乎都可能抓走自己的翁婿。聽講，闇市買賣予人檢舉查著，上濟會當掠去關二十九日。阿綿嬸要自己別再想了，但還是倚窗站著。門被敲響了，只有淡淡的一聲。阿綿嬸走到桌邊將油燈收至角落，才迎到門檻邊。

「啥人？」阿綿嬸對著門問。

「開門啦。」門外說。

拉開門，阿綿嬸讓丈夫進到厝內，隨即掩好門，將門閂擺上。阿才伯摸出油燈，讓正廳又透出光。

「有按怎無？」阿綿嬸問，一雙眼睛看著丈夫鼓突的腰側。「換著偌濟？」

「兩隻，」阿才伯回道，「一隻我提予阿梅矣。」他脫下身上那件舊漢衫，露出衣服裡的藍包袱。阿綿嬸覺得翁婿腰際綁著的包袱，比捲裹洋服時小了許多許多，但她不想再說什麼，只伸手幫丈夫卸下腰上的布巾，在桌上攤出裡頭藏著的雞隻，以及另一份更小的暗紅色包袱，和整面燦爛繚亂的羽翎。阿綿嬸從腳爪處倒提起那隻雞。阿才伯褪掉衣服，只穿著一件薄而破的內衫，落坐在椅條上，低頭就著桌上的陶茶壺小口小口喝水。

大概無兩斤。阿綿嬸端詳了一會後默默唸著，心頭感覺這一切真是不值。其實無應該提彼領衫去換物件才著。她懊悔的想。

「彼个走闇市的，原本想欲提較細隻的予我，佳哉我有發現，我佮個冤偌久咧，才換著這兩隻雞。」阿才伯說著，頭猶低垂，像是在說給自己聽。

放下雞，阿綿嬸將暗紅色的包袱解開，布巾內擺著小盒的番仔火、一小罐米酒，和一瓶阿梅婚從南部親戚那裡張羅到的純麻油。桌面不寬，而攤展的包巾和物件不多，不須來回多走，阿綿婚一把將那些東西全提到灶腳，擱在飯桌上再一一歸位——番仔火擺灶上、麻油和米酒藏進櫥櫃，雞還要燒水拔毛，所以暫置於菜砧旁。她退一步環顧灶腳，見灶腳仍如原本的樣子，沒有增加絲毫亦沒有減少半分，而她還想著那套洋服，想著自己如何從房間深處翻找出衣褲、揭開包裝，用那去換得眼前的這些。

正廳內的阿才伯喝罷水，靠在桌邊等待腹下漲起尿意，屆時他會踱到廳角的尿桶處放過尿，再回房睡下。可能就要天亮了，他覺得此夜漫漫，如同每一個無法入眠的夜晚。灶腳那端，他的老妻拖著腳步入房，終於再也沒有任何人會進到這厝間了。阿才伯倦極，揉揉眼睛，吹口氣花滅了燈火。

八月四日

8.

睜開眼，黃承德面前是直直罩落的草寮屋頂，稀微的天光從敞開的門鋪進闃暗的室內。外邊傳來一段短促的哨音，猶在酣睡的其他人這才緩慢爬起。室內一有動靜，原本被捂著的臭汗酸味便又流竄起來；此處缺水，自從被徵召前來開挖坑道以來，他們只簡單擦過幾次澡，蝨母於草寮裡氾濫，在他們身上叮咬出大小紅腫。他們臥睡的草蓆又破又舊，綻開的藺草經常劃開皮、刺入肉，讓他們全身佈滿零碎傷口，傷口滲血在身體各處引發刺痛搔癢，但是必須忍耐著不出手去抓，否則一旦破皮，極容易發炎潰爛——公用地欠缺藥品，些許的傷口都可能致命。

他們簡單整飭好各自的內務，但是草寮太過粗陋，怎麼整理都像是一片遭棄的廢墟，就連他們自己也彷彿已在荒野中迷失許久，長著雜亂的五官和鬍髮。步出草寮，外邊的天光猶透著青藍的灰色，日頭才剛探出，萬物的輪廓似乎都還恍惚著。寮外的地上放著一口小米籠，上面倒覆著一面米篩，四個客人仔揭開米篩，各自從裡面拿出飯糰，黃承德他們隨後跟著上前拿取早飯，再走回草寮邊蹲著吃。飯糰應該是鄰近庄頭的女學生和婦人會捏製的，甫捧在手上，就能感覺到比前幾日的飯糰更輕更鬆。金水嘖了一聲，埋頭吃起手中的那粒飯糰。黃承德張口吃著，一點一點嚼著米粒，先細細分辨出其中一些噴香的新米、大部分陳臭的舊米，還有一小撮鹽；米飯間混著海風吹入的沙礫，但他無知無覺的吃，吃得極慢，像在嚙咬品嚐時間留給他們的殘渣。宮下伍長從谷地的入口處走來，手上拿著一柄沙挑，工具的重量使他的身體略略歪斜，人於是顯得更加矮小了；他伸出一隻手把帽簷壓低遮住眉目，朝他們大聲說：「迅速把飯吃完，開始作業！作業進度快要落後了啊！」

張仔率先吃完，站起身，拍拍手，拿起倚在草寮邊的工具，往坑道走去，金水隨即跟在他身後。阿勇和黃承德都還剩下一小口飯，但海沙卡牙，他們不得不稍稍停頓一會，用舌頭挑出牙縫間的沙礫，總算吃完早飯。客人仔還蹲著，他們四人早早就把飯糰吃光，正一齊望著伍長。

「喂！你們這些傢伙還在幹什麼啊？」宮下斥道。

名叫榮祥的那個客人仔，瞥了瞥伍長手裡的沙挑，伸手指著以日本話說：「那把圓鍬是勁生的。」

伍長垂頭看了手中的鏟子一眼，鏟柄上下兩段各有一個因用力抓握而留下的手印，握柄光滑無木紋，表面浮著一層油似的光。勁生站起身，結實高大的體型，像是可以頂開沉著的天空，他接著榮祥的話道：「那把圓鏟是我自己帶來公用地的，使用許多年了，請還給我。」客人仔全部站起來，圍聚向伍長。

伍長握鏟的那隻手微微顫抖著，他看見阿勇和黃承德還待在原地，遂伸手指著罵：「你們！立刻去進行作業！」

阿勇拽了拽黃承德的衣角，於是二人起身，各自到草寮邊揀起工具，往坑道方向走去。日頭從眼前的山脊頂斜斜拋落大量光照，黃承德稍稍落後在阿勇身後，他回頭看，但客人仔和伍長已匿入視線之外，只看到裝飯糰的米籮大概是被一陣風掀翻，長長的影子在那裡亂滾轉。他們走進山的陰影裡，張仔和金水二人於坑道口等待，畚箕擱置在腳邊；金水正在給電土燈添電土，張仔則低頭剝除尖喙掘仔上沾附的土塊。阿勇走向他們，轉身瞥了瞥草寮方向，聲音壓得低又扁。「客人仔佮阿本仔可能欲拍起來囉。」

「有影無影？」金水看著阿勇。

阿勇四顧一陣，低頭繼續說：伍長根本壓不住客人仔，他們全住在中壢郡的同一個庄頭，被政府召為公工之前就已彼此相識。他們四人都在礦坑工作過一段時日，有的在龜山庄兔仔坑挖石炭，有的則遠赴基隆金瓜石淘金，他們在地下的時間比看見太陽的時間還長，手抹過岩層就能知道該從哪裡落鏟開挖；但是挖礦維生的人，性格泰半浮盪、不喜管束，生死危難都管不住他們了，何況是一個資歷輕淺的伍長。如今海岸各地的工事都還在進行，沒有其他軍士官會來協助，挖掘作業偏偏又只有這幾個客人仔最精通，真不知道阿本仔伍長以後要怎麼辦。

殘土大抵已清除乾淨，張仔由握柄尾端提起尖喙掘仔輕輕晃動，清冷的金屬在暗處猶能透出堅硬的力度。他把工具扛上肩，眼睛覽過所有人一輪，神情既不是疑惑也不是好奇，就只是簡短的觀望，然後他說：「應該愛入坑矣。」

電土燈溢出的軟光潑入堅實的烏暗，他們的眼睛還在緩慢適應少光的環境。雨後三日了，坑道內的殘土仍然濕糊，水氣洩飽坑道，四周濃重的霉味撓著他們的嗅覺。黃承德猜想，洞穴裡一定有某處已經長滿花花綠綠的黴，支撐坑道的木框架會在那底下碎爛成片，他們過路時的輕晃或是落鏟時的敲擊，就能將之裂解導致坑道坍塌，把他們全部困在裡面。這時，坑道深處吹來一小疊風，似乎真的攜來木支架變形鬆開的聲響，但很快便過去了，只有坑道不變的留在那裡。膝蓋的疼痛撞擊著他，黃承德斜下肩膀，放慢腳步，但不敢喊痛。扁擔順勢扭著肩頭，他盡可能大大踏出左腳跟上，卻還是落於金水他們身後。光線由最前方濺來，照著張仔的背影；黑暗聚攏靠近，他感覺自己漸漸變小，而腿腳的疼痛變大了，好像過去那樣。

彼時黃承德才滿五歲，正當是長個子的年紀，四肢軀體每日俱在增高抽長，卻不知何故經常跌倒，直到某天日頭落山，阿母喊人吃飯了，厝內的人才看到背著西斜日照走返宅厝的他有雙長短不一的腿。那種些微的差距，平日看不出，只在夕陽的歪扭下顯得特別刺目，稍短些許的右腳像一條畫壞的線，掃過每條過份筆直的田岸。

那時黃承德自己沒有感覺，阿母則急急帶他探遍鄰近數個庄頭的拳頭師傅和漢醫師，懇求那些臉孔糊糊的人推揉他的膝蓋腳腿，或者開出一張密扎扎的藥方。由晨至夜，他常常在那樣漫長的路程中走傷了腳，不得不一拐一拐的走路同時哭泣，但這樣反而激得阿母更著急，把路途走得更奔波，好像趕快一些便能將囝兒修復完好。他們起早出門時，阿爸總已戴頂笠仔在田底忙碌許久，黃昏轉去厝內時，阿爸猶在那裡。有天，他們母子二人走過田邊那條路返家，阿母在前而他在後面困難的走；途中，他暫緩下腳步歇息，突聽見一陣廣大的風刷過稻仔迎向他，待稻葉靜止後，一隻大手按到他的頭頂，帶著夕照的暖熱；他抬頭，看見阿爸摘下笠仔把臉置於光裡，而凝視著他的眼神比陽光或風還要接近。

「無要緊啦。」阿爸說完以後，輕輕揉亂他的頭毛，然後往前追上阿母。那時暈在光中的阿爸，身影顯得無比悍然而堅定，似乎沒有什麼可以搖撼他，也沒有什麼能阻止他實踐自己的意志。

那之後，阿母不再執著於醫治他，習慣自己的步伐以後，他和厝邊隔壁其他囡仔看起來並無差異。唯長短腳不適合必須涉過深深淺淺泥水的田地活，公學校畢業一年後，他便到桃園街做師仔學手藝了。偶爾，黃承德還會想起五歲時的自己，以及那些和阿母相偕穿過的所有門和廳堂；他想，彼時若是真有一個人將自己的腳醫治妥當了，他可能早早就被徵調到南洋或中國，在某個陌生的陣地裡爛作一段段白骨了。許多事情其實在那時便已註定，人生不過是朝著命定的一切挪步行去而已。

那麼現在他們能往哪去呢？

火光游到底了，泅不出去的光線，在坑道盡頭的岩壁上堆成好大一片。山壁的中央處有一排凌亂的鑿孔，孔隙最深處完全沾不到光，好像在那之後真的還有更深的地方，更深的地方。張仔走到鑿孔前站定，先把尖喙掘仔擺在地上，然後伸手抓緊握柄尾端，揮臂將掘仔掄向岩壁；尖銳的金屬端砸入山，鑿孔邊沿很快破出碎碎的裂痕。金水調弱火光，將電土燈擱置在他們腳邊，影子沾上兩側的坑壁，坑道顯得愈加深遠難知了。

土石隨著挖掘飄蕩開，細細的沙塵髒了光線，岩石的碎屑迸向四處，更大的岩塊紛紛落、層層纍，像是岩壁正在向他們逼近。擎起沙挑，黃承德和阿勇把掉落的廢土刨入畚箕。他們配合挖掘的速度清除土石，每當張仔和金水口吐大氣敲落岩石、又重新吸氣收回掘仔時，他們便朝前踮步並將沙挑探入土石堆，彎腰舀起廢土，拋進畚箕。作業如此重複著，坑道內金屬鐵器敲撞土石的聲音鏗鏘響，濕悶的空氣緩緩炊出他們身體上的汗水。金水稍歇下動作，抹抹汗，然後再度鑿向岩壁。山壁好像朝內縮退了些許，而他們則隨著擠向山讓出的空間，一切都像不曾改變，只有坑道確實的沉默的在加深。

退下的山大多已經被收進他們腳邊的畚箕裡，黃承德轉過身，又再將更多的廢土填入畚箕中。他遠遠望向坑口，彼端一片烏暗什麼也無，僅可見到坑口遙遠的細細微光；那裡有人碎碎的在談話，應該是客人仔終於要來擔走坑道內的廢土了。他回過頭繼續掏挖土石，身旁的阿勇則暫停下，轉頭注視身後。坑道內雜亂的聲音還在鬧著，許久以後，黃承德只聽見客人仔沉沉喝了一聲「嘿」，大概是擔起土石走開了，大概是坑道這麼深，必須搖晃許久才能離開。阿勇望著看不見的他們漸漸遠去，直到坑口重新透了光，才繼續作業。

沙土又在挖鑿間瀑洩下來，黃承德迎上飛抵面前的沙石，看見火光浮在煙塵上繞扭，像是岩壁正不一的膨脹；他等待著細而利的碎屑以及其他堪可流動逝去的一切穿過自己，而唯獨黑暗是不來也不去的。

9.

灶腳內濁黑的煙氣已經散去許久，但灶內的柴薪仍然燒著，還沒變成渣。火是在中午以前生好的，阿綿嬸用來煮滾水燙拔雞毛，阿靜也在一旁幫忙將滿地亮燦燦的羽毛清整乾淨，埋進竹圍仔裡，以免惹來鄰人甚或經濟警察注意。阿綿嬸除罷雞翎，將光裸的雞倒提回灶腳，擺定在肉砧上，取刀卸成數十塊，並且順手片過一條老薑，隨即熱鐵鍋、撒進油，灶腳內很快盈滿濃厚的氣味。那是稀罕的油香，阿靜嗅得出來，但她站得遠，看阿母手腳俐索的煏香薑片、翻炒雞肉，最後傾入水，等灶火將湯燒滾。湯水的表面冒著細小的氣泡，嗶嗶啵啵、嗶嗶啵，她們聞到氣味慢慢發散，灶底火正旺，湯繼續滾，嗶啵啵。阿靜蹲下身望進灶門裡，裡面的柴火已燒成炭，灰燼緩緩由上下落披著殘火的根處；她用火鉗將之撥散，以免餘燼悶燒生煙——據說炊煙極容易引來敵軍空襲，不久前便曾傳聞米軍飛行機在午飯時間誤炸了別處的庄頭，死了幾個人。

「阿母，睹的我來就會使矣。」阿靜這樣說。

「無要緊，就欲煮好矣。」阿綿嬸短短瞥了媳婦一眼，繼續注視鍋子，灶火捲起鼎內油黃的湯水，雞肉在其中微微翻轉著。阿月討厭太韌的肉。要燉久一點。她惦記著。

明珠走進灶腳，倚在母親身邊，踮起腳尖，好奇的望向灶頂的鍋子，小小的鼻子斷續嗅聞著。「足芳的！」明珠興奮的望著母親說。阿靜伸手把女兒輕輕推到自己身後，遠離燒熱的灶邊。阿綿嬸轉頭看看孫女，彎下腰關閉灶門。湯煮好了，阿綿嬸從鼎內將雞肉和褐黃流光的湯舀入灶邊的小鍋，然後走到碗櫥邊，另外拿了一只碗，盛了一隻雞翅和一瓢湯給孫女。阿靜來不及攔阻，明珠已經開心的接過碗，呷了一口湯。湯燙嘴，她忙把碗退離唇邊，朝裡面吹著氣。

「戇孫。」阿綿嬸半是苛責半是憐惜的說。她放下鍋鏟，用鼎蓋罩著大鼎，把香氣和熱氣都掩覆在裡面。阿靜準備將雞湯端走，阿綿嬸揚臂攔下她。

「我來摒就好。」阿綿嬸道。

阿靜小聲應好，低頭退開，走向灶腳邊緣，準備揀幾張米篩曬番薯籤。阿綿嬸將小鍋蓋妥，端起，但忘記拿湯勺和碗筷，才想到呢，明珠已經捧著碗筷站在她身旁，聰慧的笑著。阿綿嬸對孫女點點頭，祖孫二人相偕穿過正廳，跨過門檻，踏上空曠的稻埕。日光正盛，阿綿嬸瞇眼，看見天頂暫時空著，沒有雲也沒有飛行機，她稍安心，祖孫倆途經護龍，走進屋厝和竹圍仔之間的小徑，直到厝後那棵頂天的玉蘭樹下。

巨樹下堆著暗影，那裡極少有陽光，僅有點滴碎光從枝葉間落下，地上恆常泥濘透濕，青苔循水氣盤開。手端熱湯的阿綿嬸躡著腳步謹慎行踏，明珠尾隨阿媽。她們遲遲移步，小心得像是要把隨日頭零碎轉動的光與影走緩。阿綿嬸踐踏過將乾未乾的落花，明珠的腳尖輕輕掃過其中一朵，癟而泛黃的花瓣掀開，露出底下掩藏數日的雨水，花蕊還芬芳，染香了那些溢流的水，薰濕了她們的腳步。嗅而未聞，阿綿嬸走過花，來到防空壕前，拾階下，矮身進入壕中。沒點燈，防空壕內僅游著一層由洞口滑入的、薄而淺的光。阿綿嬸的老目珠比較習慣這樣的環境，她張大眼，看到竹床上的女兒斜斜坐著。

壕內的空氣鬱積已久，讓許月熟悉得足以藉之辨識有無他人自防空壕外走入。她先聞到玉蘭花頂露水才可能有的淡雅香味，接著看見阿母和明珠先後進來。阿綿嬸將手中的鍋子放在床邊的矮几上，挨近許月，兜眼覽過床鋪上的女兒，以及女兒日趨碩大的肚腹，然後開口問：「最近有按怎無？」

「真好。」許月應道，同時感覺自己的足板底有些冷，稍微拉動被子將腿腳蓋好。明珠端著碗筷走到阿媽身旁，騰出手拭去自己臉頰處的薄汗。

阿綿嬸探了探女兒的手，撫過手心、手背、指尖，握過手腕：脈搏稍快，指掌涼寒。她接過明珠手裡的碗，轉身揭開矮几上的鍋子，以湯匙盛了一碗雞湯。許月嗅到湯水溫熱的氣味，看見碗裡、鍋中白而亮的雞肉，靜默了半晌，問：「哪會有雞肉？」

「最近庄役場予有身的人特別配給。」阿綿嬸說，心中暗暗回想著那套交換出去的洋服，以及衣褲於黑暗中沉甸甸壓在手上的觸感。

那是騙人的。許月臆測，同時看見湯碗上捲起一片燙熱的煙氣，把阿母的臉蔽得遠遠近近。她知道雞肉一定是阿母和阿爸向走闇市的人買來的，但不可能知道他們是用什麼和商人交易。許月逐一回想過厝內的每樣物件，由稻埕推敲到屋後，估量過整厝間，仍無法得知家中還能多失去些什麼。她頓了一會，回了聲喔。

「哇，」明珠高興的喊著，「原來是因為阿姑有身，我們才會當食著雞肉啊！」

許月朝姪女短短露出微笑。阿綿嬸沒有表情，將手中的雞湯和一對筷子端向女兒。

「緊食，冷去就無好食矣。」阿綿嬸對女兒說。

「恁攏食過矣？」接過碗筷，許月問，濃重的香氣瀰漫上來。

「我食過矣，足好食，阿姑你嘛緊食看覓！」明珠道。

伸筷子探了探碗裡。許月又嗅了一趟，然後小小呷了一口湯。阿母知道她討厭沒煮透的肉。母親總是能夠明瞭女兒所有的厭惡喜好。但許月心知，有些事情阿母是不會明瞭的。

丈夫阿德剛接獲動員令時，曾想陪同許月一起回去後頭厝，委請丈母丈人協助照料有身的妻子，但是躊躇良久仍未動彈。許月清楚，自己的父母並不中意阿德，他們嫌棄他只是個剛出師沒多久的神像雕刻師，而在現下政府鼓勵供奉日本神的時刻，根本賺袂赴食，沒辦法撐持一個家。丈夫不善言辭、做多說少，面對什麼事總是習慣以沉默應對，但是許月懂得。

阿德陪她去坐公共汽車，幫她拿著以包巾收整好的簡便行李，夫妻相偕走到發著所那面單薄的站牌下，等公共汽車駛來、停下。阿德說要和她一起回去，許月搖頭說不必了，然後提醒丈夫在公用地要照顧好自己，阿德頷首，默默的站在她身邊。公共汽車靠過來了，許月隻手搭著自己初初鼓起的肚腹等候排隊，黃承德還提著妻子的什物，直到她就要跨步登上車了，黃承德才把包袱交給妻子。

等我。黃承德對許月說。我一轉來就去接恁。

公共汽車離站了，許月側過頭，看著窗外那片站著丈夫的街景往後方流走，感覺放在大腿上的包袱和肚腹一樣重。公共汽車走得慢，車身沿途震顫讓路程顛簸了。隨著燃料配給日漸短缺，公共汽車的發車班次減少，幾乎每班車都站滿了乘客，他們偎貼得很近但不相言語，唯有引擎嘈嘈在運轉。倚傍著那些喧噪與靜默，許月離開市區。乍到時極遙遠的路途變得好短，不夠她準備告別和醞釀面對；前幾天她先寫了信回去，昨日則撥電話到保正伯那裡，詳細而禮貌的預告自己的到訪。然後如所預告的一般，她在八角店仔下車，先走了一段路，越過一口陂、數甲水田，以及千千萬萬株水稻，然後沿著圳溝和小徑往下，在老厝邊的田底遇見她的一對老父母，他們頭戴斗笠，眼神張望出些許遲疑，而許月知道自己也是。

你啥物時陣到的？阿母問。阿爸則是什麼都沒說，放下手裡的鋤頭，來到女兒面前，接過她提著的包袱。那是爸媽第一次見到懷孕的她，有身近五個月了，和他們記憶中的女兒毫不相仿。

你哪會變遐瘦？阿母說。

一逝轉來真遠噢？阿爸講。

聲音順風而來，推亂許月鬢邊的頭髮。前方的父母說著話，但她並沒有認真聆聽和思考，只覺得夏初的風暖而濕，一如她童幼時記得的模樣。

許月不在家的這段時間，厝後新闢了一座防空壕，開掘得簡陋，猶可看見頂面覆土中露出半疊權作填充的廢布料。阿爸告訴她，半個月前米軍在圈仔內[1]擲炸彈，十幾架飛行機烏暗暗的罩在那裡，水尾的高砲陣地開火迎擊，也有幾架阿本仔的戰鬥機飛上去交戰，但是沒多久就被打下來了，落在大竹圍和新庄仔。咱這款庄腳所在也無偌安全喏。阿爸說罷，抬頭看著天頂。

那之後，米軍的飛行機仍不時臨空，由地面抬頭偶爾能看見機翼處的機槍口炙著燒燙的紅光，大概正要往其他方向去進行掃射。跑了幾次防空壕以後，阿母要阿爸在壕內安一張簡便的床，讓許月直接住在裡面，以免米軍空襲時閃躲不及，或者意外動了胎氣。

有身遮爾久矣，袂使閣烏白振動，家己的身軀你家己愛知影。阿母邊說邊在竹床頂面擺上一件棉被，置一顆枕頭，於防空壕的角落擱一只尿桶，將一盞臭油燈留在床邊的矮几上，最後才攙著她的臂膀，把女兒安頓於眠床。彼時是白晝，但阿母讓那盞油燈亮著，於是黑暗窄了點、遠了些，而她會逐日逐日適應此間萬事，直到她能夠親自在夜晚熄去那盞燈火，甚至偎著肚腹勸慰裡面不安挪動的孩子，像個母親。

噓。那些時候許月輕輕的對孩子說。

許月吃空了那碗雞湯，阿綿嬸要給女兒再添一碗，許月說她吃不下了，但阿綿嬸仍堅持要她吃盡那一鍋湯。

「真正食袂了，阿母，恁食啦。」許月說，薑母的氣味沖得她喉間暖暖。她刻意以手掩碗，把碗筷擱在矮几上。「最近胃口較無好，食濟就無爽快。」

阿綿嬸沒應聲，垂頭注視著小鍋；出湯水浮出的熱氣正在疏淡，遮不了她的表情。明珠原本想揚首多看看嗅嗅，然望見阿媽的臉色後，便矮下視線，不再窺望。

端起碗，許月自己從鍋裡舀了一碗湯和兩塊雞肉，接著把鍋蓋掩上。她瞥見明珠和阿母的衣服下襬與袖口皆已起皺變形，隨即知道她們的衣服都是以代用人造纖維製作的，也因此想起那件她送給弟弟阿義的洋服、布料質佳滑順，預備要讓他將來娶妻時穿著。毋知阿義最近敢有寫信轉來？許月不想這樣問，怕阿母傷心，遂淺淺的俯在眼前的那只碗上，安安靜靜的嚼食雞肉。

---

❶ 即桃園飛行場。

防空壕裡似乎更加悶熱了。明珠有些待不住，想拍拍阿姑的肚子，和紅嬰仔開講，但阿姑和阿媽都沒說話，她只好轉頭望望看看，把什麼都覽遍了。防空壕還是靜著，蟬在外邊遠遠的叫。阿姑發覺明珠滿額頭汗水，便伸手撫過她的髮際，要她出去吹吹風，別留在這裡。明珠離開防空壕，兜繞經竹圍仔與老厝間的小道，回到稻埕上。下午的天光墜得更加陡直，母親仍在那裡忙碌著，把鍋裡的番薯籤鋪散到米篩上。她靠近，幫母親攤曬那些橘黃中已見青綠的番薯；滿鍋的番薯在她手裡多到無法捧抓，但是擱置到眼前之後，卻顯得比預期少，潮而黴的氣味極為濃重，彷彿莖葉還在淤開生長。明珠聽聞母親小小的嘆出一口氣，但她只是看著眼前萬物的影子緩緩變厚，正要隨時間傾斜；她知道，母親總要耗費一些時間嘆息的。

10.

他們已經走了整夜，而且仍要繼續走下去。

夜晚厚重的佇立在那裡使叢林無盡了，許政信偶爾可以看到隊伍之間，被他們以銃劍削下，捲起充作火把的樹皮閃現細碎的光線。叢林裡萬物俱濕，受潮的番仔火在他們各自的懷中捂了鎮日，才勉強乾燥可燃，他們還為此特別挑揀油脂豐厚的油棕，剝取樹皮燃點，以減少番仔火的消耗。山根軍醫走在隊伍前端，不時的垂首檢視指北針，然後很快又抬起頭，繼續向前走。許政信知道指北針早就故障了，山根全憑直覺指引隊伍前進，其他戰友恐怕也心裡明瞭但不想說穿，不說穿便能姑且當真。

經過昨晚聯合軍的夜炸，軍醫決定盡速脫離聯合軍的作戰範圍，甚至不惜摸黑夜路行軍。他堅信戰事攻防僅集中在沿海一線，只要朝內陸山區移動，便能避開戰鬥。唯夜行的火光無論如何幽暗都嫌太亮，為免被巡邏隊發現，他們得要使樹皮維持將滅未滅的餘燼般光度，並將火把盡可能放低；殘火似的微光只能約略描亮眼前景物的邊緣輪廓，唯有需要看清什麼時，才會將火把湊聚，照亮亟欲目睹的東西。

周圍的森林猶仍黝黑，無法確知自己身處何地。許政信想，他們可能正走在一處緩緩的坡地上，枯敗的枝葉於腳底的濕土間朽爛化水，隊伍一路滑溜跌撞上行，但空不出手攙扶彼此。如今，他們身上除了原先攜行的彈藥、物資之外，肩背上還多負荷了染病的戰友，病症嚴重者則由二人以簡略組湊的擔架搬運。毋須協助運送病患者，則以樹枝挑著一串煙燻乾燥的蛇或蜥蜴——聯合軍夜炸隔日，大量蟲鳥走獸由遭襲的山頭奔出，他們趁機設陷阱或以步兵銃獵殺，用銃劍剖開腹部清除內臟後，挖土坑，置入柴薪，生火煙燻，作為往後的食物來源。叢林裡柴濕難燒，他們耗費許多時間，才將蜥蜴的肉燻乾，好在未被敵軍發現。

他們前傾壓低身體，以抗拒背後斜入黑暗的坡地拉扯，但那極不容易，長時間的野外自活，令所有人的身軀、四肢盡皆浮腫，肌肉彷彿囤積著連日以來的雨水，每次施力都能感覺到空空鼓起的手臂或小腿肚裡，傳來晃蕩的水聲。他們踏步如渡河，攀爬似泅游，移動也像是移動在空乏的土地上。背負傷病者是山根少尉的命令，他要求所有人必須彼此協助撤離，活著回到故鄉，不能任意捨棄同袍戰友。部分的兵員和台灣軍伕對山根的決定頗為不滿——他們曾聽聞戰地傳說，傷病而尚能站立者，約可存活三十日；可維持坐定的人，概略能活二十日；僅能夠躺臥便溺之傷病患，則只剩三日生命，他們大抵相信這個說法，並且私下認為隊伍應該果斷捨棄病患，避免轉進延遲。

許政信還未曾估量過這些問題，他沒有餘力思想其他。他淺淺的呼吸，穩住身上的彈丸、腰上的手榴彈、背上的萬福仔，以及坡地上的自己；在將這些全都放下之前，他只能這樣定著萬事。一條軍毯繫在萬福仔身上，他的身體猶仍微微顫抖，體溫不規律的高低起伏，燒熱時洩出的汗水，能把許政信的肩胛整個溽濕，冷寒時則足可霜凍脊骨；他的頭臉歪歪的披掛在許政信的左肩上，口嘴貼近耳朵，不時吹吐出夢囈。許政信聽見萬福仔幽幽慢慢、斷斷續續的唸叨，音聲細弱，他有時會誤以為是叢林與叢林彼此擦磨所發出的窸窣雜響。

更多時候，萬福仔是不會發出聲音的。他癱軟的手腳甚至在那漫長的靜默裡緩緩僵硬著，只有心還在搏動、肺猶仍舒張。許政信感覺這些就鋪在自己的背上，偶爾朝前方鑿入自己的胸坎，然後又往後方遠遠飄開。他安默的沉穩的走，不時的將萬福仔朝上頂，避免他掉落；一旦掉落，就很難回來了。許政信發現，就算盡可能不去想像，他還是把所有的可能性都想完了，一切能夠發生的早已等待在前方。

路途間始終有人摔倒，黑暗中斷續傳來短促的驚呼，許政信甚至隱隱聽見隊伍後方盪過微弱的哀求聲，但隊伍不曾停下。坡地上應該烙著其他戰友的足印，他移步時可以感覺到某幾處的泥土特別濕軟，特別沒有遮蔽和掩藏，那些跡痕沾黏，落腳沉重但方向一致，沒有猶疑，因為無地猶疑。他仍然覷不清火光，其他人或許也未曾見過，只是相信；沒了相信，他們就什麼都沒有了。

起風了，叢林底終於流開一點聲響，萬物沉沉噪鳴，沒有人聲，沒有一點人類發出的聲音。然後，隊伍停止前進了，許政信輕輕撞上前方戰友，那堵背濕透，積滿叢林中遍長的青苔味，就像撞入更深的森林。他抬頭，望向隊伍最前端，引路的士兵舉高火把，但黑夜濃得微光無法滲進。所有人紛紛揚起手中的火把，風更透了，串連所有的殘焰搧燃成烈火，光猛爆，讓久經黑暗的雙目無法睜開，所有人都暫時瞇起眼睛，之後才陸續張開，看清眼前。

林間的小徑上吊掛著一個人，所有人寧靜的、或者疑惑的看著那人的四肢由枝葉底垂落下，卡其色的飛行衣和棕靴子，在密扎扎的林葉中沾著橘黃的火光，一柄拳銃安放在左胸口的槍套內。他的兩眼半合，透藍的目珠在眼皮下隱隱反映光照，飛行帽綻裂、掀起的飛行鏡全碎，一道乾血跡從那裡面塗過整臉，直至下頦，一綹頭髮沾在額際，於火光下透著陌生的、朝陽般的金色。

聯合軍的戰鬥機搭乘員。

負責探路的士兵用手裡的步兵銃，輕輕戳碰高懸的身體，敵軍搭乘員遂隨風擺盪，枝椏被拉扯得咿呀響。此時，許政信才看見敵兵的手腳、身軀被數條繩索捆捲著，繩索朝天接連著一頂肥大寬廣的落下傘，破損的傘布披掛於樹頂，偶爾被風吹出獵獵的聲音。

敵兵還活著嗎？許政信想。山根少尉大概也考量著同樣的問題，他猶豫半晌，命令士兵用銃劍觸碰敵兵的身體，自己則伸手檢測搭乘員的脈搏；稍後他放下手，或許點了點頭，兩名士兵隨著退開幾步。

「少尉閣下，請問如何處置？」一名士兵問。

「取下武器，檢查隨身物品，其他人員原地保持警戒。」山根簡短的回應。那個士兵踏步向前，伸手搜查米鬼搭乘員。但敵兵吊掛得太高了，他稍微踮起腳尖，從米鬼的胸前拍出一柄米製拳銃，旋即遞交給山根。站立在聯合軍搭乘員面前，山根仰頭注視懸浮著的敵兵，身旁的另名士兵則仍然舉著步兵銃瞄準敵人，直而長的銃劍由銃口指向鬼畜的胸膛，輕細的摩挲聲碎碎的響，鬆動的銃劍座晃過喀啦聲，於許政信看不見的地方有什麼正在被撕裂、割剖或者扯開。

「閣下，發現燐寸、短刀和其他物資。」搜身的士兵說。

「取走。」山根指示。

士兵回應「是」，又再朝前一步，兩隻手伸向那裡摸索。他們大概碰鬆了歧岔凌亂的叢林中某個彼此平衡撐架的枝節，樹葉開始持續持續的往下落，落上他們的頭頂、肩背，甚至填塞銃口。落葉也嚇醒了病患，他們從迷茫的病魘間甦醒，睜目見著滿眼飄落的葉片裹著火光金金，像記憶裡空襲午後漫天降墜、躍著光閃的高砲破片，但那之後是閉塞的叢林，天空壓得極低極暗，彷彿日頭正從那裡爆散瓦解摔落，好像夢境跨入現實，或者他們終於陷進幻境了。萬福仔也醒了，許政信感覺自己的背上重又溢出一片熱汗，胸膛在那裡擠縮張開，冷冷的氣息流過耳鬢。萬福仔晃了晃頭，仰首朝前望著隊伍前端，慢慢吐出一口散散的台灣話：「啊，個佇咧創啥？」

順著萬福仔的話，許政信跟著抬頭，覽過上方飄散的飛葉。葉子掉落自顫甩的枝椏，樹枝勾纏撐開那面破開的傘布，傘布由凌亂的繩索牽動，正一陣一陣的抽晃。沿著那些繩索，他的目光來到敵軍搭乘員的肩頭，那裡縫有一枚深藍色的肩章。米鬼原來還活著，伸出左手扣緊士兵的臂膀，右手則護著胸膛右邊的口袋；他們拉扯著，整座森林的搖動都從那裡起始。山根愣著，口張開但舌頭忘了動，持銃的士兵搶在他下令前行動，將銃床奮力砸向敵兵的手背，退開，接著再度砸下。

火竄得旺，時間迷魅，沒有人說話，他們全都安靜的看著士兵一次又一次的舉高步兵銃、把銃床敲落在聯合軍搭乘員的左手上，銃身的金屬部件清亮的響著，然後他們都聽見脆脆的、彷彿一把樹枝遭人折斷的聲音。接著是敵兵右手的每一根手指，以及手掌的每一個關節；所有糾聚力量的端點，都被士兵一一敲鬆、搥爛了，直到那裡終於只剩下金屬撞擊的聲音在迴響。

沒有人說話，連夜風也怕喧鬧，不再掀動傘布拍出聲音。四界俱靜，連火把燒出影子掃過重重樹根的聲音，都能夠清楚聽見。所有人都面朝火光，於是他們的背後便只剩下影子。許政信看不見隊伍中其他戰友的表情。落葉落得緩了，持銃的士兵停下動作，另一名士兵撥開敵軍搭乘員的手臂，伸手入飛行服的口袋，從裡面翻找出幾張單薄的紙。太遠了，許政信看不出那是什麼，而士兵只看了那幾張紙一眼，便隨手扔在地上。

「閣下，鬼畜身上什麼都沒有了。」士兵回報。

鐘擺一樣，山根少尉面前的搭乘員還在輕輕搖晃著，士兵敲擊的力道還殘存在那裡，他看看敵兵扭曲變形得像是一只破布袋的手，沉默著，然後簡略的朝士兵點了點頭。繳獲的米製拳銃還在山根手中，他卸下裡面的彈倉，取出彈丸收妥，接著轉身將拳銃隨手扔擲進暗夜的叢林中。褪去火把的光照，許政信看見拳銃很快便消失在巨木之間，但那裡的地面和樹根似乎還殘留著瑣碎的光線，那些碎光撒得四處都是，游動著，猶疑著，沒辦法停止。

其他人也看見了那樣的光，齊齊回頭，各自檢視手中的火把，檢視整片不動的叢林裡還有什麼在動。他們紛紛掩低火、遮去光，讓叢林漸漸回到初始的幽冥烏暗。最後他們發現所有游離的光，都折射自那個懸掛在半空的聯合軍搭乘員；他無聲的抽搐著，整張臉泊滿花燦燦的光，每柄火把的光都在他的五官上映照反射著，然後藉由他身體的晃動，飛跳到叢林裡的各個角落。直到光漸漸散了，他們才發現敵兵在哭，淚水糊滿臉。他的眼淚極濃，他們業已掩收起的光還在淚液中泅著，殘光將他的表情鑲得亮，叢林間的每一對眼珠俱看到那人哭得像是要耗盡自己。他們駭異的發現，眼淚即便滾過鬼魅般的藍眼珠依然是透明的，也許這個世界上的淚水都是一樣的，悲傷也是相同的，但這和他們的所知相異——神的子民和鬼畜不同，日本人和台灣人不同，死亡和死亡也應該不盡相同。

哀哭的鬼畜。有人細細的說。

所有人都沉默著，只有被淚水擠開的淚水還在潺潺的下。

「隊伍前進。」半晌後山根舉起手，轉身面向其他人說。他身旁幾名持火把的士兵旋即伸手掐去旺過頭的火焰，光線迅速潮退縮回到火把上，溫溫的悶著，叢林終於徹底暗下。最後的亮閃是聯合軍搭乘員頰上的淚痕，淚水灑滿地了，到處都是細碎的耀光，好像火金蛄棲歇於彼處，但隊伍一走過那裡，便什麼也沒有了。許政信看著餘光被叢林點點吞吃，終於，光僅剩在那了，懸當半空，像天頂兩枚藍盈盈的星。

許政信低下頭，不敢再看，背上的萬福仔則用細瘦的雙手扶著他的肩頭，奇異的把自己撐起，好像不再害病了。隊伍移動，火把散散的延展朝前。許政信挪步跟著。小徑上每個人的腳步沉沉的將方才鋪下的落葉掃開，前路幽暗，他們肩頭的步兵銃以及雜囊什物，偶爾會擦過敵軍搭乘員的腿腳或側身；他們躲不開他，只能輕輕磕碰，也讓那人撞上他們僵硬、倦疲、欠缺感知的身體。行經那裡，他盡可能側身閃躲懸空的那個人，但萬福仔躁躁動著，使他難以平衡自己，以及身上的彈丸和手榴彈，許政信踉蹌了幾步，那瞬刻，萬福仔拉長了自己的身體朝上探去，伸手觸到上面的兩蕊疏星，把光捻滅了。萬福仔趴落下來，許政信側過臉看見他的指尖停著圓滾滾的光，那是淚珠，沾附著聯合軍搭乘員的目色，困著的火光在裡面透燒，從中心泌出蒼蒼的藍；光線看起來好無害，在人的眼底應該也一樣。光很快就洩盡了，亮出淚珠最後的輪廓之後花滅，淚水在溽濕的叢林裡很快就消失不見了，任何事物在這裡應該都很快就消失不見了。

一切都看不到了，只有風從前方流過來。許政信面朝那裡，嗅著火把正在燃燒的微細氣味。他們寡言少話，還要走極長極長的路。在他背上的萬福仔，很快又昏睡過去了。風緩緩行到那裡，樹頂的落下傘又再度發出殘破的聲音。叢林裡所有的枝枒草葉俱皆在動，散著嘎呀嘎呀的錯響，那些聲音遙遙渺渺，而他們已經走遠了，再也沒有聽見什麼。

11. 八月五日

少年們泰半都已清醒許久，但他們仍然躺著，以稻草鋪成的床鋪搔癢背脊及腰後。早早就天光了，然而他們看不見，日頭無法透進，只有初晨的空氣浮著薄薄的熱度。少年們分列臥睡在正殿兩側，灰石板鋪成的地面淡淡透出冷氣，但他們還是遍身汗濕。宮廟裡的空氣流通不暢，往常是為攏聚殿內的香煙，將神龕頂的神尊熏黑，使之更添法力，如今已經沒有神了，那些幽深的廊道就只是屋舍的盡頭死角，少年們的吸吐喘息被圈留著，疾病在彼處兜繞流傳，不久前他們還因此集體染患感冒。薛說，此廟原本供奉執掌天、地、水三域的三界公，為此地聯庄供奉，香火甚旺，唯支那事變後，總督府推行寺廟整理，雖然地方庄人反對、唯恐神祇降禍，但三界神尊還是被遷請離宮，連廟中的幾口香爐都在金屬回收時繳出。擺著無用的空廟後來被軍部徵收，恰好成了駐紮飛行場的學徒兵和警備兵們落腳暫居之處。

點呼喇叭猶未鳴響。睜著眼或雙目茫茫，他們噤聲等待。通常他們當中會有幾個在時間不明的等待中再度迷糊睡去，而大部分的少年則會持續醒著，將自己短暫的人生亂亂的想過一遍。能想的太少，而他們的思慮太反覆了，總是把記憶想得黏稠而泥濘，然後把自己無助的困陷在裡面。

伴著再度響起的稀疏鼾聲，許政義想著自己，像是遠遠站在甬道一端看向過去那樣的想著。他想起農校校門外長而寬的參道，參道盡頭是位在山腰的神社，以及更高的春日山❶。大東亞戰爭開始以來，每月八日的大詔奉戴日，桃園街的所有中學生都會由教師帶領，前往神社參拜，彼時農校的學生也會列隊沿著長長的參道往神社走去。少年們仍戴著印有農校校徽的帽子，但是制服已經易換成土黃色的國民服。最初的幾次參拜，他們猶能以某種彷彿遠足的心情在隊伍間小聲喧鬧、輕輕推擠，但戰爭發展得太快了，遠遠超過少年們過往的所有經驗，使他們很快就學會在那樣的氛圍下保持一種謹慎的沉默。

許政義還記得農校所有學生步行前往神社途中，迴盪在四野的、單調而龐大的腳步聲。平整的參道兩旁，是廣闊蒼綠的田地，其間綴有幾落土厝，南崁溪低低的川流聲在不遠處淌著。他們靠近那裡，聽水聲穩穩的嘩響，看見宮前橋頭處那座鳥居漸漸出現眼前，鳥居後面的天空似乎張著與其他區塊不一樣的青色，橋下的河灘散著大大小小的礫石，隱隱可以聽見溪水碰撞石頭的碎聲。渡過橋，光淨的石燈籠佈展在參道兩側，由橋頭處延伸至神社的社號標前，行經那裡的少年們總會不自覺的收緩腳步和呼吸，眼睛所見的一切也都變慢了，好像那裡真的存在著某種不容打擾的什麼。越過另一重鳥居，參道在他們前方曲繞，路徑迂迴，神社顯得更加遙遠了；循著社號標旁的石階往上，神社逼臨，少年們感覺自己矮了下去。

眼前真的是神的界域了。四周圍植滿長青的松樹，蔭綠的春日山把石造的燈籠和鳥居襯得淨白，木搭的神殿和拜殿蒼蒼，前方停定著鑄有社徽花紋的揚蹄銅馬，銅瓦屋頂流著大把大把的日光，到處都亮得無比清明，連呼出的空氣彷彿都能在其間留下影子。少年們繞過張口的石狛犬，踏經枅垣，穿行過寬大厚重的神門，進到拜殿前方列隊。即便隔著拜殿，他們也能嗅聞到檜木造的神殿飄離出圓潤的香氣，那種氣味幽深，孕著山林千年的腐朽與新生，帶給少年們一種難知而神秘的印象，一如往後他們於日益頻繁的爆擊中抬頭，直面那些吼吼暴響、載滿命運的敵機時，閃過腦中的印象。

少年們等待著。帶隊的教師和教官在手水舍取勺子將雙手洗淨、小小漱過口後，來到隊伍前方，帶領所有人朝拜殿恭敬的鞠躬行禮。低下頭的時候，許政義聽看了很多站著時見聞不到的事物。天空在他的背上大開，但眼前只有拜殿外的青草地和他自己撒在上面的濃影子，草地上爬動著平日難見的細小昆蟲，漾著金屬光的金龜輕輕振翅，亮綠色的草蜢仔蹦跳過來，一道短風讓滿地的草莖招搖出聲，也捲來青草被眾多腳步踏破的刺鼻的氣味，那種味道極強烈的覆在他的嗅覺上，甚至掩過神殿透散出的檜木香氣。

❶ 即今桃園市郊的虎頭山。

良久，禮拜結束了，少年們在教官的口令下整隊離開神社。極偶爾，他們會在神社入口或者長長參道的某處，和家政女學校的學生相遇；彼時少年們並不開口說話，但是吐息和腳步間隱隱孵著某種騷動。家政女學校位在中路一帶，離農校有些距離，兩校的學生平日只有在通學途中或者街市上可能遭遇，只有在國家動員或是節慶時分才能如此見面。此時，少年們會悄悄收小腳步，隔著隊伍間同學的肩膀和帽子，偷偷瞥看迎面過來的女學校學生，她們的頭髮大多削短齊耳，上身穿黑色水兵服、下著垮垮的工作褲，顯得既青春又衰老。但少女終究是少女，少年也還是少年，那些衣衫蔽不著的少女後頸、鬢角、指尖或髮梢猶仍吸引著他們。女學校的學生們或許也在小心觀察農校的少年們，注意他們幼稚而笨拙的窺看，以及日漸濃重的、近似成年男性的體臭味。

兩校的教官和教師心內明瞭，通常會任憑各自的學生們短暫相互觀望，然後在適切的時候要求他們加快腳步移動，於是年輕的男女們在發出細不可聞的嘆息聲後，直視前方，跑步離開，剩下腳步聲和那些眼神還踏在彼此的心上。總是在那個時候，許政義才會慢慢抬起頭、急急的把眼神覓向行經身旁的女學生之間，也總是在隊伍的中後段，他會發現那個身體瘦薄的女孩，淺淺的垂著頭，如同一隻斂翅的白翎鷥般拘謹的走著，像是在審慎的揀選自己的腳步，因為漫長步行而散亂的黑髮掩著側臉，於是她舉起白淨的手，將雨絲般的細髮收攏到小小的耳後。那個女孩極少仰起頭，許政義大多只能在隊伍交會的瞬刻，看見她半合的雙目被細緻的睫毛織著；僅有一次，女孩抬頭了，有些迷惑、或者不安的遙望向神社，彼時他覷見她的眼底有一脈瀲灩的光，黑而深的眼珠像井，彷彿整個世界的景象都汪在那片水澤裡。那只是轉瞬與轉瞬之間的事，但許政義看到了，而把那個眼神留下，就再也無法從記憶裡走脫了。

那興許是某個大戶人家的女兒吧？許政義躺在稻草上這麼想著，同時回憶起女孩在日頭下顯得無比潔白的手指和手腕，以及那些在光透的皮膚上近乎可見的淡青色血管。但他發現自己從沒見過那個女孩的背影，於是註定他之後無法從背後指認她、找到她；其實也未必有以後了，許多事情在道別的剎那就已經確認了。少年們曾經聚在一起討論隊伍中某幾個特別美麗的少女，各自誓言要在戰爭結束後找到自己傾慕的那名女性，將她娶作妻子，但戰爭大概不會結束了，也或者他們自己的生命將比戰爭更早結束。

如果是那樣的話，戰爭算不算是結束了呢？

五點半，喇叭終於響了，但少年們起床的動作還是顯得驚惶。他們迅速將破而薄的毯子摺好、整飭妥內務、著畢軍服後紮好綁腿，急急的朝戶外移動。廟門處設置有一道木門檻，偶爾，太過急躁的少年會因抬腿不及而被門檻絆倒。出了那道猶仍繪有門神的朱紅木門後，便是宮廟外的庭埕，寬闊的地面上擠滿明亮而銳利的日照，只有廟前的茄冬樹下擺著陰影。負責早晨點呼的軍曹已經佇立在那。初出暗處奔跑進光裡，許政義的視線暫時僅能看見晃晃的光影，但他仍慌慌的跑著，直到就位後和其他少年排組成早晨點呼的隊形。

視線慢慢在恢復，許政義看見軍曹頭頂的戰鬥帽鋪下了長影，看不見他的臉孔和眼神；他瞥視著較晚入列的少年和受警備召集的台灣人，維持不動半晌，然後把胸前的哨子放進口中，長長的吹響。總是那二三名台灣人，每次都在哨音將歇之際才來到隊伍前方，軍曹喝令他們彼此互相掌摑臉頰作為懲戒。那時，業已集合完畢的少年和警備兵們，則恍惚的望著他們彼此毆擊，影子順光傾倒過來，好像那些手掌下的明亮爆響也甩在其他人身上。但隊列中的人依然迷糊著，要到軍曹要求所有人報數點名，才會徹底精神。

「向天皇陛下皇居遙拜，最敬禮！」點呼完畢，軍曹接著抽出佩刀大聲命令。面朝日照方向，他們彎下身不動，光沉沉在落，讓所有人俯著、低著、垂首著。

「奉唱勅諭❶！」

「軍人應盡忠節為本份！軍人應正禮儀！軍人應行尚武！軍人應重信義！軍人應質素為宗！」他們奮力讓聲音從肚腹中滾出，喊聲漲滿口舌、溢入耳鼻，在裡面轟隆響，而鳥還在鳴、雲還在移、風還在流，他們的呼喝奔過四界後也漸漸逸散，一如每個平常的早上，最後只會剩下晨光。

軍曹下令解散，他們匆匆回到廟裡取出各自的牙刷、毛巾和牙粉，奔往附近的溪流。溪水安躺在田野和土厝間，於日照底下跳閃著，他們跑向那裡覓地蹲踞，掬水洗面、漱口，把一帶波光潑得更加粼粼了。少年們在溪岸邊擠蹭著，四肢、肩背相互磕碰，難免也因為慌亂而在彼此身上擦出淺淺的瘀青或傷痕；那種沒有任何意義的撞擊，最初帶有些許彼此較勁、挑釁的意味，像是在相互量測各自勃發的力量和意志，但如今那都已經是無關緊要的事了。他們發現，每個人的身體都在逐日逐日的寬厚，時間在他們的五官間磨出類似的抑鬱神情，倘若望進溪水的倒影裡，他們幾乎就要無法從中辨識出自己了。

以那樣彼此相仿的臉，他們回到廟內，吃過早飯，等待班長編派當日工作或者訓練。而後班長要他們集合，除輪值飛行場警衛勤務的學徒兵和警備兵之外，全體向鄰近的國校出發。少年們列隊，踏步，走過宮廟左近的街市；由於物資管制，街市上僅有寥寥幾個販售代食品❷的小販。大路上有行人往來，每當他們碰巧與少年們眼神交會時，總會迅速的別過頭，少年們則目不斜視，但心底明白他們為何閃躲，以及閃躲以後使人略為寬慰的心情。

國校的校門就在不遠處，校門口站著二名端著小銃、背脊直挺的衛兵，當他們看見帶領學徒兵走來的班長，隨即動作一致的舉銃行禮。隨著飛行場落成，八塊厝周邊諸多民居、公署被軍方徵作營舍，國校此時也成為軍隊的駐紮地。穿入校門，繞過校舍，早晨的光線如

❶軍人敕諭，明治天皇於一八八二年頒授的軍人訓誡，規範軍人應以武士道精神效忠天皇。
❷代食品，因應戰爭時期物資不足，用以代替日常飲食的食品。

煙般浮動，他們腳下的塵土也輕緩的晃蕩著。逆著日照方向，隊伍跨過運動場，往國校的邊緣處走，那裡有成排的樹，樹下胖著一片肥影子，地面由於長年少光，僅稀疏生長著幾許短草，蟬在彼處乾燥的嘶叫。班長命令隊伍停止前進，轉身，面對晨光流佈的運動場。軍曹自校舍那頭走來，僵硬精準的腳步下，踩著又長又清晰的身影，少年們注視著那道尾隨而至的沉暗陰影逼臨靠近。軍曹踏進樹林的蔭蔽處立定，鋒利的眼神刀過所有人。他們全都抬起頭，站得更挺正了。

「諸位當知道，我大日本帝國的聖戰如今已進入最後關頭，本島作為皇軍前進南洋的基地，隨時可能成為英米鬼畜上陸攻擊的戰場。諸位雖然是以飛行場守備為目的而被徵召至此，但為了因應往後可能發生的非常事態，從今日開始將對諸位施以反上陸作戰的訓練。」軍曹朝旁側輕輕頷首，班長隨即來到隊伍前方，手裡揣著一桿六七呎長的竹竿，竿頂是大約半個手臂長的圓錐體，像是一只倒置的漏斗，其前端則是三根等距設置的釘狀物。少年們沉默的望著那個陌生的東西。

軍曹繼續說：「米軍成功上陸以後，必定會以重型火器和戰車作為攻擊主力，本島的防禦也將針對此類攻勢佈置。面對敵戰車，最重要的作戰方針便是使其停止活動，而阻止米軍戰車的唯一方法，就是以這個刺突爆雷❶進行肉迫❷攻擊。」

刺突爆雷。許政義咀嚼著這個生份詞句，微微仰頭看向班長手裡的爆雷，日頭在更上方的枝葉間細碎搖著。他盡量避免揣度「肉迫」這個字眼的意思。

「爆雷的圓錐部放置著爆藥，重量分作四公斤和二公斤兩種，前端的信管遭受撞擊時便會爆發。敵戰車的弱點是砲塔與車體的間隙以及履帶，只要以爆雷突襲戰車的這些區域，便能有效癱瘓敵戰車。」軍曹稍停一會，蟬鳴突然洶湧了，他提高音量繼續說，「諸位眼前所見的是刺突爆雷的樣品，今後所有人將以類似的樣品進行戰車肉迫訓練，但在進行爆雷的模擬操作之前，諸位必須先熟習肉迫攻擊的流程和行動要旨。敵戰車為了避免遭受手榴彈或爆雷攻擊，大多會在戰車後方尾隨十數名步兵，為了避免被敵軍以步兵銃或機關銃攻擊，肉迫攻擊必須妥善利用地面既有的蛸壺掩護，待敵戰車逼近至一定距離後，再持爆雷由掩體中躍出突襲；如若接敵地區沒有蛸壺可供掩蔽，就必須改以匍匐攻擊的方式進行肉迫。」

軍曹往隊伍的左側讓開，持爆雷的班長迅即趴落，他以兩肘、雙膝和一對腳尖抵地伏進，手裡還緊握著爆雷的握柄。突然一陣強風揭開了樹影，日頭降落在他們所有人身上，少年們似乎模糊的覺知了一些什麼，但都不願意說出口，然後運動場揚過一陣風沙，把他們的視線徹底蔽住了。

---

❶在長杆前端裝上炸藥，對抗戰車的爆破武器。

❷以刺突爆雷進行衝鋒的自殺攻擊。

12.

阿靜還是醒來了，在夜色仍然那麼深濃的時刻裡。厝邊蟲聲嘈嘈，難聞其他聲響，她稍側耳，聆聽相鄰的房、門外的走道和正廳，確認厝內一片靜悄，所有的人都還睡著，她才重新躺妥，面對厝頂那些木架、大樑，以及重壓而來的烏暗。阿靜無法入睡，只能等待庄內人家的公雞啼亮日子。自從丈夫被徵調往南洋以來，暗暝就變得漫長了，於是她培養出在一室暗影底細細辨別房間什物的習慣，用零碎的事項頂替零碎的時間——草蓆、被仔、衫櫥、鏡子，最終總會返至信仔寄回家的信上。初讀以後，阿靜整厝間藏信紙，末尾想想，再也沒有比自己的夢中更珍重且隱匿的地方了，索性就將信件掩在枕下，於是每晚的睡眠都是夫婿來信的綿延。那些夢喜悲俱有，但信仔總在，有丈夫在，她就不會如斯惶惶了，即便那在夢之間，也即便，夢終究只是夢。

厚重而甜膩的香氣飄游過來。是玉蘭花。阿靜想。屋後的花香透窗穿門、滲過牆，進到屋內，圍繞她，讓她分心了，無法專注於使自己走遠、離開。

初來到此地，六歲的阿靜遠遠就看見屋後那棵高大的玉蘭樹，滿天的枝葉隨風於午後的光線裡推晃開。彼時她讓生母牽著，小步小步的走著；她們從山腳一帶過來，已經頗為疲倦，但小阿靜忍著，低頭專心走踏。她隱隱知道些什麼，遂決定不吵不鬧，讓阿母高興。她和阿母進到那間矮厝裡，見過阿綿嬸和阿才伯，阿母告訴她要乖、要聽話，然後走了，將她留在那裡。

阿靜還記得阿母離開時，一頓一頓藏進田地間的背影。她沒有哭鬧，只是安靜的站著，像客人到訪時隨手擱在桌上的一顆柑仔。那讓阿綿嬸和阿才伯慌了，從碗櫥裡翻出一小紙袋的白糖蔥逗弄她。阿靜沒吃，默默看著，搖了搖頭。少頃，阿靜第一次看到和自己同齡的許政信，他穿了件土灰灰的舊衣，光腳板和小腿上都沾著泥漬，以厭煩的眼神瞥過她，然後走到桌邊把糖蔥拿走。阿靜仍佇立在那裡，直到許月從公學校放學回家，像鄰家阿姊那樣引她回房、教她學會擲沙包玩耍，玩到她累極了，在床鋪上趴睡，睡去之前才終於將自己埋入棉被裡小小的哭泣。

那是阿靜來到家的第一個晚上，後來她才知道自己將和信仔相對、做新娘。許政信總是離阿靜遠遠的，阿靜也是，所幸她已開始漸漸習慣八角店仔這一帶，阿綿嬸也開始要求她協助一些簡單家務，每日忙著打掃庭院、拭桌抹椅、照看小她四歲的阿義，無閒他顧；唯有黃昏時刻，阿綿嬸會叫阿靜去找回在外野了整日的信仔，喚他回家吃飯。於是，她走進那片日益熟悉的異鄉風景中，繞厝三匝，然後踅到圳溝旁或陂邊去尋許政信。那裡總是窩聚著幾個鄰家男孩，他們見到阿靜，便笑著喊：你又閣出來揣恁翁囉？確認過許政信不在那裡，她遂怯怯的回頭，在路上啜泣，不知道為了什麼，也可能是為了一切。阿靜慢慢行到厝後，想先在玉蘭樹下匿著，等淚水乾，等眼睛不再赤紅。正逢花開，整樹芳香，但枝頭太高，與低首的她距之遙遙。突然，一朵蓬蓬的氣味輕巧的沾在她臉上，數叢牽枝掛葉的玉蘭花扎進她的手中灼灼芳著。阿靜仰頭見許政信藏在樹上，一臉無可奈何的表情。

行啦，來轉啦。裹飽香氣的信仔說著，攀下樹，將邈遠的芬芳帶到她身邊，高懸的花則已交付在她手裡。他們一前一後的繞過土厝邊，彼此相距不遠。離開樹下之後，阿靜依然那樣嗅著、看著，花蕊不數日便在屋裡凋枯了，但香味還在，像是綻開在她身上。

那彷彿都是很久以前的事了。

雞猶未啼，天光仍遠，世界還扁平在暗夜中，阿靜點算盡整間房，閉起眼又睜開眼，時間流得極慢極慢，彷彿將來永遠不會到來。在無事可做的夜闇裡，她想著「運命」這個詞，憶起長輩曾經說過，做人媳婦仔的女孩，離開生家時一定要哭，往後的生活才會美滿安泰，有些父母甚至會在女兒出門時探手偷捏，逼她嚎啕，把自己的命運哭得妥適些——阿靜已完全不記得自己離家當時的景況，當然也不確定自己是否有流淚。彼時陣應該哭才著。阿靜如今想著。倘若真有宿命的話。

阿靜輕輕側翻身，但發覺身體無法完全翻轉，她瞥望左近，隱隱看見明珠的兩隻手臂擁著她的腰，滾圓的臉頰貼靠在她背側，小巧的呼吸吹透薄而舊的衣衫，拂上她的肌膚，搔癢她。阿靜輕輕拍撫著女兒，用指尖順過她的頭髮，然後將手掌搭放在明珠的手背上，讓女兒倚靠，也讓自己依靠著女兒。有時候，阿靜覺得自己的脆弱比女兒更多一些，不知道應該要怎麼做一個母親，但她已經是一名母親了。

明珠的臉在阿靜的腰後微微蹭著，手指稍稍顫動。大概是在眠夢吧。阿靜忖度，同時試著回憶自己上一個夢。

雞鳴終於啼喚過來了，阿靜悄悄挪開明珠擱在她腰上的手起身，回頭幫女兒蓋妥棉被。矮櫃上的妝鏡只倒映出一片黑暗，但阿靜猶仍站在鏡前，簡單整過自己的頭髮，然後才走出房門。天未光，整間屋子依然暗黑，站在穿廊，阿靜聽見鄰房內響著稀疏的聲音。阿母應該嘛睏醒矣。她想。進入灶腳，阿靜點亮油燈，取了一口鍋，踱到米缸邊，伸手進缸中掏米；她掏挖許久，探遍缸底，終於湊合出一把舊米。燈火晃，她看見米中藏著黑色的蟲。從水缸舀出水，阿靜淘過米，篩洗掉那些蟲、倒盡白濁的洗米水，鍋中的米於是看起來更薄更輕了。鍋上灶，阿靜蹲著，在灶內擺好細樹枝，劃了支番仔火，點燃手上一把乾稻草。她等待著火和煙竄爬，等火苗攀穩了，才將稻草放進灶內，燃起那些枯枝，然後是更粗而厚實的柴，直到灶內的火飽實了，她才站起，用湯勺攪著水一般的稀飯。

公雞又叫了。待啼聲止，阿靜聽到正廳的門閂被拿起，大門被嘎吱推開，初晨的冷空氣正從那裡瀰漫進屋內，但她還沒辦法感受到，那一切都和她保持著一段距離。日頭也許出來了，或者還沒，一天的伊始總是無法被清楚辨識的。

八月六日

13.

坑道內，黃承德難免會以為自己不慎睡著了。他的視野困陷在一片晦暗少光的景象中，無論睜眼合眼，總只能看見兩道影子在崎扭的岩壁上更加崎扭得拉長，四下發出細細的微響；他眨眨眼，才感覺意識終於又慢慢回歸自身。身旁的金水仍不停歇的鏟著地面上的土石堆，好像那遲早能被掏挖乾淨。他又鏟起一落土，轉身，但地上的所有畚箕都已被堆置填滿了。

「敢無畚箕矣？」金水問。

黃承德稍頓了半晌，回道：「敢若已經無矣。」

金水嘖了一聲，放低手，讓沙挑的金屬部抵著地面。火光下，張仔和阿勇仍揮鋤掘著山壁，滑落的土石在他們腳邊堆疊，幾乎就要掩覆過他們的小腿。阿勇吁了一口氣，轉身看見黃承德和金水站著不動。金水瞥看了地上那幾個盛滿沙土的畚箕一眼，晃了晃頭。

「喂，無畚箕通袋土矣，小歇一下。」阿勇從臉上抹下一把汗。

尖喙掘仔鑿進岩壁裡，張仔手尾使力，撬下一塊岩石和許多細沙，煙塵飛揚，電土燈的火光讓他滿肩背閃爍出不同色調明暗。張仔揚起掘仔，雙手握著，直直轉身朝向坑道口。

「個傷慢矣。」張仔說。

彼端真的已不見光亮，他們所有人都站定不動，遙遙望看著坑口處。黃承德重重的吐氣，他掂了掂手裡的沙挑，感覺擱在掌心的重量，那與黑暗相仿，都沉甸甸的停留在自己的身體上。那四個客人仔似乎不在坑道內，到處都沒有他們的腳步聲或呼吸聲。

「彼幾个客人仔咧？」

「姦，變鬼變怪。」

張仔沒有說話，暫且半合著眼不動。黃承德也沒有說話，腿又開始一陣一陣抽痛起來。他忍耐著，擺低沙挑，讓身體稍稍倚住鏟柄。側著耳朵，黃承德感覺自己彷彿俯在黑暗上聆聽坑道內的一切；長長的、管狀的坑道那頭只傳來些許的沙沙響，就像等待受話時，電話機聽筒裡發出的騷動聲。

黃承德至今還記得自己首次從電話機聽筒裡聽見的聲音。彼時店內才剛向郵便局申裝電話機不久，主要是為了方便那些從外庄頭前來求刻神像，或者委託修復神尊的人聯絡店裡用的。那時他才剛學藝二年，師傅讓他做些拾掇神像的工作，譬如接過師傅鑿敲妥的粗胚，按著神祇略略浮現的臉容五官打土底、雕刻衣物圖飾，或者依照神圖細細描線上漆。雕製神像時，整店鋪總是浸入一種遲滯的靜默中，門外不遠的大廟、店家、人潮，或者偶爾出現的自動車，都無法將整鋪子的師徒牽引出去，唯有電話機響過滿鋪子的斧鑿聲，黃承德才會暫時擱下手上的刀或筆，繞過數尊神明，來到牆邊撈起兀自震響的聽筒。隔著屋內篤篤的落鑿聲和斧削聲，聽筒彼端傳來一名女性的聲音，細緻、渺遠、徐徐緩緩，沒有一點稜角。

你好，有人欲佮你講話，請小等一下。交換手說。

好。黃承德回道。

就像第一次聽到拉績歐發出聲音時的那種惶惶心情，黃承德明確的意識到，在自己無法知曉的四界裡，窩住著難以計數的人們，而那難免讓一個離家少年感到寂寞無助。他聽師傅提過，那些幫人轉接電話的電姬❶，都在武陵的郵便局內工作，那裡面有間交換室，好幾個年輕的姑娘仔在彼處的電話交換台前轉接電話。黃承德曾經在空檔或是幫師傅外出買東西時，路過郵便局附近，趁機看了那棟位在路樹之後、門口簷前設有兩桿燈柱的屋舍，於是往後每當電話機乍響，黃承德總會想像那幾扇窄窗後某個兩手在交換台上忙碌的少女，正偏頭側耳等待著。

他真正見到郵便局的交換手，是在更久以後。那日下午，黃承德正在亭仔腳挪動著幾落

❶電話交換手的暱稱，包括「交換孃」或「電話交換姬」等，「電姬」則為電話交換姬之簡稱。

初見神相的粗胚，讓那些還沒神性的柴頭彼此離遠一點，方便裡面的濕氣散出以利後續雕刻。新柴洩水會發出細微的啵啵聲，他得趴俯靠近、側耳細聽，才能辨識柴頭的乾濕。黃承德的衣衫上沾附有鎮日削鑿神像後留下的廢木屑，風起時便滿街飛散，行人都會在經過店門時繞開，但他毫無覺察，只是靜靜的聽聞。

午後日頭正熾，光線斜切進來，黃承德站起身，抹抹汗暫歇一下，然後他看見亭仔腳另一頭有群少女正走過來。她們統一穿著白上衣和藍長裙，三兩並肩交談著，嬉鬧小聲、開心大笑的時候則抬手掩嘴。她們必然已久未曬過太陽，所有人的身上都透著一種青青的白色，髮色則既深且重，又黑又亮。黃承德從她們講話的語調中，辨識出最年長的應該不超過二十歲，眼神中也還夾雜著些許疑惑，以及對世界的好奇。但是，當她們與路上的陌生人錯肩擦撞時，使用的語調和文句卻老成拘謹，可以聽得出那種專屬於郵便局交換手的應對進退。黃承德合眼側首，析辨她們的談話聲，揣想自己正倚著聽筒聆聽。

如同他現在等待的姿態一般。太過闃靜的坑道，正在黃承德耳中嗡嗡鳴響著，沙沙挲動的音聲停止了，但有陣虛弱而遙遠的風流來，他們終於聽見細細的腳步聲，遲遲慢慢的朝坑道內走來。等了許久，三個客人仔才踏進坑道盡頭的火光中，肩上挑著的空畚箕悠悠晃擺著，與他們的步伐相仿。叫作榮祥的客人仔率先把扁擔放下，另外兩個客人仔也跟著把扁擔擱到地上。榮祥揉捏揉捏了手臂和肩膀，停定一段時間後，以河洛話嘆道：「真辛苦啊。」

阿勇有些不快的看著他。

「咱先佇遮歇睏一下，小等才來做穡。」榮祥道。接著又轉身用客人仔話與同伴說了兩句，然後他們都大笑起來，哄哄的笑聲在坑道內劇烈的迴盪著。

金水自從聽見客人仔的腳步聲以後，兩頰便一陣陣的鼓動著，像是在咋著自己的舌頭，如今他在肥大的笑聲裡提高音量，對客人仔說：「恁歇睏猶未夠額？」

另兩名客人仔不笑了，榮祥望著金水。張仔往前踏了一小步，他在岩壁上的影子瞬間膨脹許多；他逐一瞥過每個客人仔，然後直直注視著榮祥。張仔的手裡還拿著尖喙掘仔，幾許沾黏的土塊隨著他的腳步自掘仔的尖端落下，金屬部躍出鋒利的閃光。

「畚箕已經滿矣，麻煩恁以後腳手盡量較緊淡薄仔。」張仔稍停一會，掘仔上的反光似乎淺淺晃動了一下。「作業進度若是傷慢，對咱逐家攏毋好。」

客人仔沒有回應。榮祥拋出目光，略略檢視過坑道盡頭那整片落滿鑿痕的岩壁，然後是張仔和阿勇手中的尖喙掘仔，以及另外兩柄暗處裡的沙挑。他忖度幾許以後說：「無，咱來換班。」

金水和阿勇偏頭瞥向張仔。張仔隻手將掘仔高舉過肩，流滿汗水的手臂剛毅而堅實，他短短低喝，旋即將掌中的掘仔砸向地面，鬆開手，掘仔的尖端已經穩穩扎進土中，握桿的部分空懸著，頂上油著尖銳的光。客人仔偎聚得更緊了，榮祥的臉色似乎變白了一些。張仔朝後小退半步，然後往前挑起扁擔，肩著裝滿土的畚箕走遠了。阿勇和金水連忙跟上，客人仔還停在原地沒動。黃承德拖著右腳，也將扁擔擱上肩，搖搖晃晃的往坑道口走去。才離開光照，他就聽見客人仔講話的聲音；黃承德希望自己能走得快一些。

去途未明，遍地無光，扁擔燒熱了黃承德的肩膀，但是他的背脊則冷著，滲出些許寒涼的汗水。黑暗緊實，坑道內尚未聞見工具敲鑿岩壁撞出的金屬鳴響。他模糊的辨認眼前，也盡可能模糊身體的疼痛，只是走著，放任畚箕和扁擔沿路擠出難聽的聲音，直至聽到阿勇和金水低微的說著話，他才收慢步伐。阿勇和金水走路的速度不若往常，可能是有意等他跟上吧？黃承德有些難堪的尾隨在他們後方稍遠的地方，兩手扶穩畚箕，讓扁擔停下那沒完沒了的喧噪。

「客人仔一定是刁工的。」黃承德聽見阿勇這麼說。

「彼是個有才調啦，」金水回應：「你若是有才調，嘛會使佮個仝款。」

「我看是真困難噢。」

「若是一直予人壓死死，當然是真困難。」

「我就毋知張仔佇咧想啥，人講啥伊就做啥。」

「伊一定是無法度處理客人仔，連彼個四腳仔伍長攏比伊較有能力。」

「但是伊有啥物好驚？真正欲輸贏，咱也無一定會輸個。」

「張仔就是無膽，看著彼個客人仔比伊較懸、較粗勇，就驚甲毋敢講話矣。」

「氣魄真無好。」

「你才知噢，若無咱哪會無代無誌予遐的客人仔看無，當作咱好欺負，姦！」

「我看……」

阿勇和金水噤聲了，坑道口終於就在眼前，日光鼓脹在那裡，外邊是明明白白的世界。他們二人相互覷望，交換過眼神，搭好肩上的扁擔和兩頭的畚箕，晃甩身影出坑了。

黃承德靜默的走著，在他們之後。經過短暫的目盲，他才看見上午的光線於眼前張開，披覆著一切世景，谷地、遍山的野草和樹叢、空中的捲雲和滾滾的海浪聲，都是清明的色彩。萬事如鏡中倒影，黃承德恍惚感覺自己走進一片分裂的時間裡，而一日未盡，日頭才正要往天頂爬升。

14.

趴臥在運動場開闊的土地上，少年們感覺自己的視野變得既窄又小，但能聽見的聲音卻更廣更大——他們耳聞自己的心臟跳動、呼吸咻咻起伏和衫褲布料摩擦過地面沙土的酥軟錯響，也聽到軍曹和另幾名班長在他們四周走繞時，靴子沿途敲出一落一落的腳步聲。午間的休息結束，他們繼續進行對戰車肉迫訓練，軍曹要他們先熟悉匍匐前進的技巧，參照班長示範的動作，將身體貼近地面，只依賴手肘和膝蓋移動。

「想像這裡是戰場，」軍曹大聲說。在他們的聽覺裡，那顯得無比遙遠，似乎位於某個無法抵達的高處。「想像眼前就是米鬼的戰車和步兵，想像彈丸四處飛射……」

少年們想像著活，也同時想像著死。

匍匐法總共有五種，軍曹命令他們逐一練習，逕直向前，直到他下達命令才能折返。他們從運動場邊緣的那片樹蔭裡爬出，成群挪動入陽光內。午後的國校裡，一切都被燒燙的日光滾過，運動場的沙土熱炙，即使隔著軍服，也能感受到溫度熨上自己的手臂和腿腳。少年們讓自己拖磨過滿地的飛沙、校舍筆直的走廊，以及栽種大片蓖麻的花圃❶，進到校門內側小巧的庭院，院中種植了幾株太過精緻的樹，中間有座聳立的洗石子平台，台座空著，從他們貼伏地面的眼睛望過去，只能看到尖細的樹梢，以及後面的青色天空。少年們知道，空缺的台座原本應該設置肩背柴薪、埋首讀書的二宮尊德立像，隨著戰事推演，總督府下令回收堪用的金屬，銅像方才應召出征，被重新熔鑄作為軍用品。

許政義匍匐進台座和樹叢撇下的短影子裡，感覺自己的背部和肩胛稍微涼爽了一些；日曝螯人，但他不能停留太久，稍有落後拖延，監督的軍曹便會加重訓練的份量。離開那裡，隊伍繼續移動，移動，國校的校門就在他們前方不遠，門兩側的衛兵並排夾著校門外的風景。隔開瀰漫過來的塵土，所有匍匐的人都微微仰頭，望看那片不甚特殊的景象：一條橫過校門的道路，淤長番薯的整面乾荒地和稍遠處的稻田，幾疊土厝和天邊層層的山峰與雲絮。

軍曹命令隊伍折返，背對那些景象，面朝想像中的戰場。少年們不快不慢的轉繞，在彼此交會的瞬間，交換過帽簷下各自的、倦怠而惶惑的眼神。許政義瞥見隊伍中的游仍側著臉張望校門，稍後，他才轉頭向著地面，也許還想著什麼，就像許政義自己一樣。回返，繼續往前，面對他們一路匍匐而來所揚起的沙塵。許政義瞇起眼睛伏進，感覺風沙悶著、沾著、黏附著自己的呼吸；他趴得低，努力啜吸地面的空氣，視野因此更擠，而盡頭更遠了。滿目的塵埃中，許政義看到警備召集的幾名台灣人，落後在隊伍末端，還沒匍匐到校門口的折返處；他們不似少年曾經在農校受過軍訓，伏進的姿勢錯誤而費力，其中幾人的兵褲已經破出洞，甚至連表情都顯得殘舊了。

運動場和更滾燙的沙土再度逼近眼前，手肘處傳來的疼痛逐漸變作麻痺，唯有燒灼的觸感猶在彼處，猶在彼處。熱氣浮晃模糊了遠近、天地，以及萬事的邊際，什麼都無法觀瞻了，許政義空空看著，直直爬著，靜靜忍耐著。

「身體壓低，頭不要抬高。」軍曹嚴厲的糾正他們的動作，地上的他們看不見他的臉。「對戰車肉迫攻擊中，最重要的就是匍匐前進的技巧，你們這些傢伙千萬別把這件事當作兒戲。」話語聲稍頓，不久，軍曹以更加巨大且憤怒的聲音罵道：「最後面的那些傢伙！太慢了！這種速度，屆時怎麼可能成功肉迫米國戰車……不准抬頭！把身體壓低！渾蛋，你們到底聽不聽得懂人話！」

軍曹踩著靴子篤篤走開，許政義不敢回頭張望，只在熱沙和灼烈的土地上等待怒罵、責罰的拳腳，以及其他施加在別人與自己身上的一切。他汩汩從周身各處流出汗水，將衫褲濡濕，把燥燥的沙土淌成一片泥濘，然後日頭會將他再度曝乾，把泥漿還原成沙礫，將衣物烘得蓬鬆，讓汗滴消失不見；消失不見，就像所有虛擲的東西那樣，不曾出現在那裡，不曾留下痕跡。

❶ 蓖麻可以提煉潤滑油，戰時總督府積極鼓勵民眾及學生種植。

「停止匍匐，準備攻擊。」軍曹從隊伍後方喊過來。他們停定不動，靜候下一個指令。

「攻擊！」

與其他少年一同，許政義手肘下推撐起上身，以左膝為軸，右腳尖頂向地面，將自己的身體推扔往前，起跑進明燦燦、無處躲閃的日光裡。他伏低身體和臉孔往前跑，像是要把自己藏進自己的影子裡；其他人也以類同的姿勢跑過運動場，直到軍曹再度命令隊伍臥倒匍匐為止。軍曹再度走到他們面前，繃著臉孔。

「不對，不對！你們這些傢伙！」軍曹吼著，「不可以只是前進，不要忘了，你們的目標是米軍的戰車，務求一擊必殺，給我抬起頭注視目標，奮勇突擊！你們可是軍人啊，不能想著苟活！」

於是，他們就只能想著死亡了。

跑動，趴臥，怒罵與糾正，直到時近黃昏，軍曹始下令整隊，命一旁的班長取來四支模擬爆雷，陳列在隊伍前方。少年們望著那些爆雷。

「匍匐前進只是肉迫攻擊的基礎，最關鍵的還是刺突爆雷的操作。」軍曹對隊伍外圍的班長點點頭，班長答了「是」之後，跑到他們面前，拿起其中一柄爆雷。「對敵戰車進行肉迫攻擊時，務必要準確而迅速，稍有閃失，珍貴的爆雷可就白白浪費掉了。你們！仔細觀察爆雷操作的示範動作，認真熟練，好好調整自己的作戰技巧！」

他們應道「是」。班長趴伏落地，握著模擬爆雷的握柄。

「匍匐前進！」軍曹下令。

班長以手肘、膝蓋和腳尖伏進，低著頭，壓下腰部，手裡的爆雷穩定似水平，影子般的熨貼在地面。

「停止匍匐……攻擊！」

像陣風沙，班長迅速自地面躍起，朝前突進，捲動身上的塵土；他目光挺直，與腳步同等俐落。

「攻擊敵戰車！」

爆雷被高高舉起，不搖不晃。班長右足落地稍頓，左腳朝前蹬，模擬將爆雷順勢猛力扔出。

他們看著。

軍曹轉頭環顧所有人道：「此即是肉迫戰車的流程，諸位當以此為範本反覆熟練，往後才能在保衛皇土的聖戰中有所表現。作為天皇陛下的醜之御盾❶，希望諸位不要忘了自己的責任。」

❶指替天皇抵禦外敵的盾牌。「醜」表示身分卑下的意思。

語畢，軍曹讓他們輪流操作肉迫攻擊。許政義在等待的隊伍中，觀看其他人提著模擬爆雷奔跑。鎮日進行匍匐訓練，所有人都累極了，泰半步伐踉蹌、無法將刺突爆雷高舉過頭。行列裡，他覷到小林、謝以及薛，都輕輕搖晃著，大概是在檢視練習肉迫的狀況，唯有游以一種難以發現的角度淺淺仰著頭。

刺突爆雷的肉迫訓練僅止於擊中米軍戰車，在那之後呢？

噓，別說，別問。許政義望著那些沙塵中的身影，搖搖晃晃的奔馳在漸斜的光影間。

順著游的視線，許政義也抬眼朝遙遠的那頭望去，彼處亮紅的天際中已略略浮起幾不可見的月。一天又要結束了。

八月七日

15.

再度睜開眼睛時，許月看見防空壕入口處停著一小片鋒利的日光，但是她沒辦法確定日頭是何時行踏到那裡的。天氣已大晴轉好，無風的防空壕裡鎮日悶熱，即便床上的棉被已被阿母收走，沾黏的熱氣猶仍令她睡睡醒醒，把時間徹底睏亂了，唯外面有人進來時才可能再將時序理清。身軀還睡著，四肢猶仍浮浮軟軟，許月耗費了許多時間從床上坐起，感覺龐大的肚腹滾過她的臟腑各處，一陣酸熱濃厚的氣味從胃底衝上喉頭。她伸手掩著嘴，忍住了。沒有點燈的防空壕裡暗幽幽，僅有入口處滑進散光，而她只是安靜的坐著，也只能安靜的坐著。坐直以後，碩大的肚腹頂著許月的胸口，身體沉沉下墜，指尖微微痛麻，背脊肩胛僵硬，腹部到腿胯之間聚著密密的汗水。她緩緩的、緩緩的呼吸，直到心跳穩穩，心跳穩穩。不用著急，時間在那裡已多餘過剩了。她吁出氣，兩手由上至下挲過滾圓的肚子。許月感覺那像一張天幕，無窮的把一個世界罩覆在裡面，偶爾她甚至能感覺到孩子輕輕晃動的搖撼之感從極深的體內浮升，像一串話語那樣綿延。

但時間還是太多太多了，而她無處可去，僅能採往時間的另一頭，跌摔進過去的追想之中，盡可能的把那些累贅的時間耗盡。只是一旦回頭了，所有已然發生的總顯得不是那麼理所當然，但此時的自己終究已經身處在這裡。許月惘然的想著，彷彿是在回應她一般，腹中的嬰孩又再輕輕搖晃起來，像一段牙牙的聲音。合起眼睛，她把手掌撫貼在肚子上，想像那是郵便局的電話交換台，而她正要接通、側耳聆聽。

她從小就善於聽說，公學校的劉老師便曾稱讚她的國語發音準確，勝過內地兒童，體操以外的各科成績也都相當優秀。公學校畢業前夕，老師建議她到桃園街讀高等科❶，準備報考高等女學校，或者，不去讀高等科也沒關係，老師可以幫她和另外幾個同學補習。老師甚至專程從大竹圍騎自轉車到家裡，遊說阿母讓她補習，但阿母一句話就推卻了老師的好意。

「查某囡仔讀冊無效啦，以後嘛是愛嫁予人做某，替人照顧家庭，等查某人會當出頭矣，冊讀懸才有效啦。」阿母說完，請劉老師喝了一杯水，與他略略聊過田地的稻仔和種作之後，就恭敬的把他送走。那時許月站在稻埕看見老師踩著自轉車離開，小道邊上的田地大大的敞開著，老師的身影在其中愈遠愈小，然後終於不見。

那晚，許月和兩個弟弟以及阿靜躺在床上，聽著阿爸和阿母在隔鄰的房間裡爭吵。春天的夜晚極靜，空氣緩緩暖暖催人入眠，孩子們卻都醒著。

「阿月若是想欲讀冊，就予伊去啊，有啥要緊？」阿爸講。

「你當做讀冊免錢是毋？囡仔人看有字就好矣，莫白了錢啦。」阿母應道。

「伊若佮意上要緊，讀冊就毋是歹代誌，無你敢欲予個親像咱仝款？」

「像咱敢有毋好？咱嘛是將囡仔飼甲遮大漢，一世人作田敢是啥物歹代誌？」阿母說，稍稍提高了音調，「顛倒是你，食到這个歲數，猶原遮袂曉想，當做咱厝內真有錢喔？有彼个命予伊讀冊？」

有什麼東西咻咻劃穿如水面般平靜的夜晚，撞上房門後發出沉沉的悶響。阿靜將棉被上拉，遮住半張臉，害怕的閉起雙眼。

「咱厝內是有偌散！我敢有予恁減食一頓，予恁枵過腹肚！咱的命是有偌無好！」

「你是佇咧歹啥！我是叫你想予清楚，予囝兒實實在在作田，以後娶某生囝就好，順命行，莫去想遐的有的無的！」

「命命命命，命啥！命叫你死，你就不欲活矣？我才無欲信！」

房門砰的打開，重重的腳步聲鋪過門外的穿廊，往正廳走去。許月不安的聽著，阿弟則深深的看著她，一段時間之後才合眼睡去；那個眼神讓她難眠，徹夜無法入睡。數日之後，許月決定早起，去找業已下田的阿爸。早晨天色青藍，阿爸在田埂邊上整飭他的農具。在那

---

❶ 高等科一般附設於公學校或小學校，為期兩年，屬於某種進修課程。

裡，許月告訴他，她決定到桃園找頭路，邊賺錢邊準備考試，她要去讀高女，但不需要家裡開銷。她聽人說桃園街郵便局正要招考電話交換手，考試內容包含算術和國語作文等等，對她來說並不困難。後來許月果真考上了，阿母沒有多置一詞，任由她去，只是叮囑她出外務必小心。實習課程中，許月終於初見到龐大的電話交換台，牆似的立面上設置了六十個插孔，插孔上的鐵片翻落時，交換手便要將插線連上孔洞，發話詢問來電者想要撥打的電話番號。

「連接和應答就是身為交換手的職責。」為她們介紹工作內容的督導這麼說。彼時電話在鄉下地方並不常見，許月至今都還記得第一次從聽筒裡聽到遙遠的、另一個人的聲音時，彷彿身體裡的某個部分被輕輕推晃了一下。

練習、反覆操作，新進的交換手泰半都通過了實習課程，但實際坐在交換台前，面對那些插孔裡汨汨湧動的大批人聲時，似乎什麼樣的操練都是不足的；必須交換連接的聲音繁雜多樣，不僅只有本島的台灣話和國語，偶爾也有咬字稠怪的朝鮮口音。接上線，許月會向發話者詢問番號，然後請對方稍等，等她手抄筆記、等她接上插孔線路、等受話者聽見電話機催促並接起話筒。像驟雨將至前漫長的窒悶，她會記得所有歧岔的話語分別暫定於兩端時的剎那靜謐，一切未知的都正要發生，而她將在那裡耳聞。

那麼你會想講什麼呢？輕觸肚子，許月在心底詢問。防空壕幽靜，她們母子二人緊緊貼靠彼此，把世界擠縮得只剩下彼此的心搏聲。然後世界突然又再度大開，入口處跌進大落大落的夏日蟬鳴，聲音嘈嘈轟隆波盪了整個防空壕。許月向外望，看見防空壕口的日頭被一雙赤腳踢起，朝上攀過膝蓋和國防色的燈籠褲，稍大的短上衣和領子邊掛著的防空頭巾，最後才把明珠細小的身體整個照亮。明珠的手裡捧著一只碗，碗上轉旋著白色陽光，光線螫得她瞇起雙眼，但防空壕裡太暗了，剛進來時只能放慢步伐適應，等到終於能看清楚眼前時，她已來到許月的床邊。明珠偏了偏頭露出笑容，臉頰上像是還殘留著光，淺淺的笑就讓防空壕微微發亮了。

「阿姑，食飯囉。」明珠說道。

「已經中晝矣？」許月看著明珠。

「著啊。」明珠回答，然後把手上端著的碗遞向許月。「阿姑，你緊食飯，阿母才煮好咧，這馬毋食，等一下就無好食矣。」

碗內盛著半乾的白米，間雜有些許切作粗丁的番薯塊；米飯飽出碗緣，飄散出厚而黏的香氣。許月接過碗飯垂首看著，然後抬起頭望向明珠。

「恁敢攏食過矣？」

明珠頓了頓，小小的點頭，接著說：「阮攏食飽矣。」

許月把碗暫擱在肚腹上，不久又把碗朝向面前的姪女。「你敢欲閣食寡？」

明珠看著碗內浮起的熱氣，表情有些猶豫。

「無要緊，阿姑最近胃口穤，物件食較少，你欲食就食。」

明珠聽完後眨眨眼睛，許月點了點頭，姪女遂開心的伸手從碗中捏起一口白飯，放進嘴中嚼著。她兩頰鼓鼓，大概把每粒米都在口舌間細細涮過以後才送下胃腸，還不忘把米香頂上鼻腔玩味。許月將碗擺放在床沿，表情寬慰但眉目憂傷，她默默看著明珠把口中的飯吃畢。

「好食無？」

「嗯。」明珠愉快的回應，然後她瞥見床邊那碗猶未動的米飯，表情立刻變得好認真。

「阿姑你嘛緊食，無，紅嬰仔會袂大漢。」

許月笑了笑。「你聽誰講的？」

「阿媽佮我講的。」明珠嚴肅的講，稚幼的臉上不見嬉笑，「阿媽講，阿姑你佮紅嬰仔這馬會當算是仝一个人，阿姑若是無快活，紅嬰仔嘛會艱苦。」

許月收了笑，斂目低顏，一隻手不自覺的又搭上了肚子，而另一隻小小的手則跟著披蓋上來。許月抬起頭，覷見明珠望著自己的肚腹，表情專注而謹慎，像在凝視一絲正要逸散的煙。

「紅嬰仔這馬佇咧創啥？」明珠小聲的問。

「你會當家己感覺看覓。」許月說，並且把自己的手貼在明珠的手上，柔軟的溫度自她的掌心熨了上來。「只要用心感覺，你就會當感覺著。」

手心與手背，腹肚中的孩子輕輕晃動了一下。「我感覺著啊，紅嬰仔佇咧動啊！」明珠驚訝的呼道。

「有時陣也會當聽著紅嬰仔的聲音喔。」

「敢有影？」明珠問，隨即興奮的把頭輕輕靠在阿姑的肚子上。她和嬰孩之間只隔著一隻耳朵的距離，她的臉甚至可以感覺到很近很近的地方有什麼正在洶湧著，那裡面充滿液體流動的聲音，像是臨近的陂塘放水時，圳溝底晃晃的迴響，連陂塘最遠那端的雲影，都能由此被穩穩當當的引流到眼前。

跟著自己的起伏，明珠半合著眼睛，趴伏在她的肚腹上。許月無奈的笑了笑，伸手緩緩撫摸姪女的頭髮。明珠的頭髮於耳際齊齊削平，又細又軟的髮絲由頭頂清晰的旋出，但是長期的糧食不足，使她的髮色顯得淡而輕，似乎稍略施力就會摸下小綹髮絲。她頸後的防空頭巾，是用家裡幾件舊衫，反覆疊蓋鋪厚製成的，針腳走得細密，整件頭巾厚重而扎實，和她全身上下的每一件衣物相仿，都像是沙塵和草木的部分，連她的臉孔都透著一層黯淡的黃色，似乎只要她憋著表情和動作，就可以將自己徹底隱匿在沙土之間。自戰爭開始以來，與簡樸風氣相悖的衣裝不為社會風氣接受，聽說街上甚至有人會恣意攔下電頭毛或者著洋服的女性，粗暴的將她們的捲髮剪去、用刀割裂做工繁複的衣裳——在戰爭中，和戰爭無關的所有事物都該遭到詛咒，這原來是一個全無色彩的時代。許月心疼的望著明珠，暗暗揣想在更久的以後，或者更早的以前，一個孩子可能擁有什麼，又可能失去什麼。

「敢有聽著？」

「嗯，」明珠應道，「真正有聲音，毋知紅嬰仔佇咧講啥。」

「無的確是欲佮你拍招呼，」許月溫和的說，「伊一定是想欲先佮阿姊講話。」

「敢有影？」明珠睜開眼睛，抬頭看著阿姑，雙目爍著興奮的光芒。

「嗯，一定是啦。」

咧開嘴，明珠開心的笑著，她的笑容好像可以把黑暗推得遠遠。她用手輕輕拍拍許月鼓脹的肚子，小小聲的說：「你就愛乖乖喔。」

遠遠的，防空壕外傳來叫喚的喊聲，許月和明珠一起轉頭朝入口處望去。

「敢是阿母佇咧喝我？」

「應該是，」許月看了看，垂首望向姪女，摸摸她的頭，「緊轉去，有閒才來佮阿姑開講。」

明珠點點頭，彎下身，俯向許月的肚腹，貼伏著，像在朝一口深井小聲說話。「紅嬰仔，阿姊以後有閒才來看你。」

站起來，明珠取走阿姑放在矮几上的另一只空碗和一雙筷子，轉身往防空壕外邊走去。

壕外仍有光，只是玉蘭樹的蔭蔽隨著時間漸漸圍靠過來，就要把僅剩的日頭吞吃了。明珠並不喜歡暗處，但是阿母、阿公和阿媽都告訴她，如果在外面看到天上有飛行機過來，一定要立刻匿到樹下躲好，不可以亂動、亂跑。「若無，米國人若是看著你，就會用炸彈擲你，佮你磅甲碎糊糊。」阿公嚇她。

其實不用任何人提醒，庄內的囡仔早已知道要怎麼應對空襲了。外出撿柴和收集製作肥料用的殘枝敗葉時，庄內的囡仔偶爾會偷偷躲著大人玩耍，早先男孩們喜歡拿隨手拾來的短樹枝做步兵銃，用紙拗成帽子當戰鬥帽，扮演皇軍輪流舉手呼萬歲，但是女孩們沒辦法參與這類遊戲；現在庄內改玩爆擊機空襲，由一個人扮米軍，其他囡仔扮庄人，在爆擊機來襲前沒匍匐掩蔽妥當的就死了。這種遊戲男女生都能玩，但是大人們似乎很討厭空襲遊戲，尤其當男孩們圈起嘴巴模仿不同的戰鬥機和爆擊機時；阿洲有次就被他阿爸用趕牛的藤條甩了好幾下屁股，打到只能求饒。

午後的微風包裹過來，蟬鳴斷斷續續流進明珠的耳中，走出大樹的暗影，日光還是直直掉著。轉過屋角，明珠回到屋前，看見阿媽正坐在門檻邊揀菜，屋簷的影子遮住她，只有一對腳掌攤曝在陽光下，她留下的多、挑去的少，揀了半晌，手上捧著的還是同一把烏甜仔菜。最近庄內的野菜愈來愈少見，大凡路邊能見的，幾乎都被庄人採摘一空，食物稀缺，即便莖葉稍微顯老或遭蟲嚙，她還是捨不得丟棄，要留著打發下一餐。騰出手，阿綿嬸揉了揉眉間，揚首看到明珠手裡捧著碗筷，遂開口問孫女：「恁阿姑敢有食？」

「有，阿姑當咧食。」明珠回答阿媽。

阿綿嬸點點頭，垂首繼續揀菜。明珠繞過阿媽進屋往灶腳走去。灶腳裡，阿母正在把中午用過的碗筷堆放進桌上的小木桶中。明珠把碗筷放進桶子，阿母轉頭望向她。

「哪會到這馬才轉來？」

「我佇陪阿姑開講啦。」明珠道，「阿母，我佮你講，我有聽著阿姑腹肚內紅嬰仔的聲音喔，真正有聲音喔。」

阿靜在衫褲上抹抹手。「你有佮紅嬰仔講話無？」

「有啊，我叫伊就愛乖乖，毋通予阿姑無爽快。」

「嗯，」阿靜來到明珠面前，彎下腰看著女兒，「阿姑敢有感覺無爽快？」

「無。」明珠邊說邊搖著頭回應。阿母點點頭，然後伸出手捏捏她的臉頰。

「以後毋通食阿姑的飯，知無？」阿靜帶著點責備的語氣說。

還是被阿母知道了。明珠心想。大概是米飯香氣濃，被阿母嗅到了吧？她無辜的眨著眼睛應道：「是阿姑予我食的。」

「阿姑這馬需要營養，若無，紅嬰仔會無健康。若是真正會枵，你就佮阿母講，知無？」

喔，知影啦。明珠小聲的說。阿靜伸出手揉揉女兒發紅的臉，捧起桌上的木桶轉身走開，灶腳後很快傳來碗筷彼此輕輕碰撞的聲響。屋外日頭正熾，明珠只能在家裡兜繞，等到午後日頭稍薄再出門。摒開外邊的風聲和蟬噪，屋內好安靜，走過哪裡都有迴音，她行至一扇門前仰頭，見烏暗的木門沾惹灰塵，朽舊得彷彿自裝設伊始便沒被開啟過。明珠伸手推門，久未挪動的門異常沉重，她稍側身子，踮起腳尖施力，再施力。

然後，門開了，斗室內外的空氣貫通，風起步，撒開滿地滿牆滿時間的塵埃，窄窗滴漏進日照。微塵浮光，明珠看見房間角落擱著一套桌椅和一組書架，書架上擺放書籍以及各種雜物，桌旁是一只緊緊閉著的大衣櫥，牆上釘著的掛鉤懸著幾個空衣架，房裡的大通鋪上沒有棉被或枕頭，一切就如她前一次進到房裡所見，絲毫未變。

房間原由阿叔使用，自阿叔離家以後，房門便一直關著，家裡的其他人都不曾踏入房內，只有明珠偶爾進來，看房間裡的時間靜止。她朝書桌走去，抬頭逐一望過桌面上的紙筆、一粒舊的皮球、一架竹片骨架的模型飛行機，和書架上成排成排的書籍，書背上印有書籍名稱；明珠還沒上國民學校，但是阿叔曾經教她識讀五十音，所以她已能夠生澀的唸讀其中幾個假名的發音。書架角落立著幾本國民學校的國語讀本，明珠從中隨意抽出一本，讀本的書頁和所有業經時間沾染的物事一樣泛黃，但封面仍是又甜又軟的淺粉色，如今已少見，但她手裡就有一本。掀開書頁，裡面點綴有短短的句子，明珠還無法讀懂，但是頁間畫著的人物和風景，已經為她說明了故事，比真實的還要鮮豔明亮。她由封底朝前，一頁一頁翻回，課文由文章漸漸化簡成字句；明珠看見書裡的女孩泰半穿著漂亮的洋服或水兵服，與自己日常的衣衫不同。她想，那一定是許久以前的過去，和現在相異，直到她終於翻到卷首兩頁，看見那幅圖畫。圖畫橫跨雙頁，畫中學校的教師和學生排組成整齊的隊列，在他們前方是旗桿上被風扯開的國旗，「日之丸」高高吊掛在那裡，全世界都在瞻仰。

看畢圖畫，明珠把書擱在桌上，撈過皮球，捧在胸前檢視半晌，才隻手拍下；小球一彈一彈，她就這樣在房間裡自顧自的玩，而蟬唱不知何時又透窗鬧進屋裡，比先前還要龐大無邊。似乎從來沒有什麼是確實能夠靜止牠們的。

16.

隊伍終於就地停下時，許政信已經踏破了腳底的整排水泡，眼睛則在追趕前方暗微的火把時爍花了。他們也許又再行軍了一晝夜，但叢林似乎被走踏得更遠更深，巨木在他們四周川流，朝天的枝葉無窮挺長，樹皮上的裂紋彷彿也在持續拉寬。他們畏縮的看著整個世界蔓延出去，然後再回來將自己圍困在裡面。他們走軟腿腳、碰綿手掌，所有觸摸過、踐踩過的萬事都鬆鬆的彈回虛疲的樣子。他們肩頭上的步兵銃、背上的彈丸和腰際的手榴彈又柔又嫩，殺不死人，只可能殺死更塌更幼的夢。大概只有軍醫山根知道，四肢虛軟是營養不良造成的，但恆常黑暗的森林嚴實的阻擋在他們左近，幾無可能尋獲適宜的食物，隊伍只能不時的覓地歇息，在休喘中反芻身軀剩餘的體力，然後繼續前進。

反正隊伍終於就地停下了。無人持銃警戒防禦，大家都累極了，沒辦法動彈，姑且將單薄的火把逐一插放，權充守望。許政信先讓背上的萬福仔躺臥休息，然後才揀定一株巨木底下寬大的盤根，把自己安置在樹根岔開的枝節處。山根少尉下令分派食物，二名台灣軍伕應聲，取小刀開始切削煙燻乾燥的蜥蜴；蜥蜴皮厚而堅韌，他們費時許久將肉片切割完畢，眾人才一一向前取用。乾燥過的蜥蜴，肉極硬極粗，他們張著嘴齒鬆動的口，費力的撕咬咀嚼，有人的牙因此掉落，沾附在肉乾上。他們會從身後的雜囊中翻出久經雨水浸潤的信封，把自己的牙齒摘下，收放進信封內，那裡面還放著指甲和頭髮，外面則寫有地址和名姓，有朝若戰死異地，那便會成為他們的遺物，委由戰友攜回故鄉。他們總奢望更多零碎的自己能回返故土，於是每當身體掉落耗損了什麼，便會將之置入其中，於是信封在潮透的森林裡愈見厚實，但濕氣不時渲開上面的文字，只能持續而反覆的謄抄，確認自己仍在裡面。

許政信暫時沒想起那些，僅以嘴抿肉乾，試著用唾液浸潤僵硬的肉塊。他餓了也倦了，但是分不清哪種感覺更強烈。他暫時閉起眼睛，等口中的食物軟化。煙燻的蜥蜴肉緩緩滲出一股濃重的焦味，彷彿整片叢林徹夜燃燒後留下的氣味，接著是微微的、淡而稀疏的腐臭味。許政信要自己不去分辨也不去感覺，草草吞下肉乾，張開雙目，把另一片肉乾泡進盛水的飯盒裡，待肉乾吃水漲綿了才撈起，以手撕碎；那是給萬福仔的，他病情仍未好轉，不可能張嘴吃下食物。早先由駐紮地帶出的少量營養品已無存，隨隊的病患也只能和其他戰友一起食用野外捕獲、採集到的食物。捧起飯盒，許政信來到萬福仔身邊，攙起他，將飯盒遞到他的嘴旁，一點一點的餵食。萬福仔還合著眼，若無人搭扶，便只能俯臥不動；幾隻蒼蠅靠近，繞著他的肩背兜飛，許政信忙揮手驅趕，但那些蒼蠅很快便又回到萬福仔身邊。

勉力揚起手，萬福仔氣若游絲的說想要尿尿。許政信擱下所餘甚多的飯盒，撐起他，將他引到樹林邊小便。手掌底，許政信隔著軍服感覺到萬福仔身上冷涼的汗水；他的手臂鬆垮乏力且輕輕抽搐著，走兩步就得深深的呼吸一次。走到樹幹後，萬福仔稍褪下褲子，試著站好但無法，只能以頭抵著巨木，慢慢放盡自己體內的尿液。許政信側過臉，直到滴答的水聲停止，才上前領回萬福仔。他嗅不到騷臊味，但可以略略瞥見尿液滿地露出比夜晚更烏的黑色，而萬福仔雙目猶然閉著，無知無覺。許政信將萬福仔帶回，重新安置在地面攤開的軍毯上，把他披蓋好，繼續餵他吞吃飯盒裡浸水的肉乾，直到他欲嘔，再也無法食用什麼，許政信才拍撫他，讓他躺下繼續歇息。

許政信找到山根時，山根正倚樹坐著，大腿上展開一張泥髒的地圖，正安默的凝視掌心中那枚故障的指北針。他站好，向軍醫報告說，萬福仔洩出血尿了。山根少尉從迷亂故障的方向中抬頭注視他一眼，起身隨他來到樹林後，看過那灘尚未被土地徹底吸收的暗黑色尿液，接著走到萬福仔身邊，蹲下，伸手探探萬福仔的額頭，摸過手腕，拉整拉整覆蓋他的軍毯，對他微微笑著。

「唉啊，已經好很多了噢。」山根以日本話說，接著起身，眼神淡淡流經許政信，然後邁步走開了。左右還可聽見其他病患呻吟或者牙齒打顫發響，然山根只是逕直的走著，彷彿那些只是森林中合該出現的某種聲音罷了。

大抵如此。

萬福仔再度昏睡過去，而蒼蠅又飛近，無法驅離。許政信回到自己的那株樹下，坐好，仰頭迎對密密重壓下的群樹；在群樹底下，萬事扁平一致。他還試著不去臆測，只是那些尚未想起的，都已經即臨來到。許政信終於記起那個信封，同時想起雜囊裡還有一張空白信紙。方抵馬尼拉時，他曾寄信回家，但是受限於郵件檢閱，他只簡略交代了自己的近況，和郵便局貯金通帳[1]的藏收之處，並沒有多說什麼——應該多寫一些的，他甚至還沒來得及提起女兒明珠呢。許政信暗想。

只是信紙太窄了，怎樣也包容不進他們跨過的海洋，而許政信仍未拿定主意要動筆寫些什麼。任何信件終究都不可能回抵台灣了，但他還是暫時卸下身上的彈丸和腰際的手榴彈，揭開雜囊，取出僅剩的信紙；信紙在手裡綿軟鼓脹，大概在某日午後的雨中弄濕了。光線細弱的火把離他稍遠，許政信爬起、趨前，試著以微火烘乾信紙；光短短躍過，閃得紙張整面青青烏烏的——那是黴斑，幾乎長滿整張紙，看上去像一片荒原。許政信望了望報廢的信紙，又退回樹下安靜的坐好。去路猶遠，他脫下鞋襪，兩手將腳底水泡的餘水擠壓乾淨，以生黴的信紙抹過積滿厚重濕泥的皮鞋，直到紙張徹底無用了，才拋棄到樹根旁。

隊伍猶停止著，隊伍似乎猶停止著，而許政信真的累了，他要合上眼睛，封起聽覺，塞住鼻子，將叢林、海洋、疫病，以及步兵銃全部隔開，自棄的睡上漫長的一覺。在垂將睡去之前，許政信看見幾名士兵正圍繞著分發剩下的煙燻蜥蜴肉，低低吵著；他們在爭論那顆剩下的、生有捲曲鱗片的長長頭顱當歸誰人所有——那上面的細縫處還可以剔出些許肉來，湊合一頓飯。反正也未必能有下一頓了，他們鬧得極其認真，相互推擠，以手掌推壓對方的肩膀、彼此責罵、晃出銃上的銃劍對著各自的胸膛。但是其他人沒有理會，山根也沒有要過去勸止的打算。步兵銃搖搖晃晃的金屬撞擊聲冷冷亮著，然後終於停下，那些人散開，各自躲進個人的暗影裡。

許政信就要睡著了，而且將睡得比自己想像的還久、還深，要到大半夜過去，目不可及的某處推送傳來砲轟爆擊引起的微弱地動，他才會醒轉過來。彼時的森林將沉靜非常，他會在爆藥炸裂的聲音到達前，將鞋襪和綁腿穿戴好，慌忙的喚起身邊其他猶在夢寐的戰友，少數幾人將維持僵硬的睡眠姿勢，以冷掉的肩背和脈搏應對各種呼叫和拍撫，無法再被誰喚醒。山根少尉將收起那枚兀自轉繞的指北針，紮整妥周身的裝具後站定，等待敵軍爆彈墜地後沖來掀天的炸響，以及燒滾的風，使森林裡的一切俱皆傾倒向背離戰場的方位後，他才會揀定去路，耐著如潮水般淹上的聲音與各種事景，從地面取支火把，揮出一道短短的光，示意隊伍前進。

依循軍醫的命令，他們將在隊伍離去前，動手搖晃過每個仍未起身的戰友，搜盡他們的

---

❶ 儲蓄存摺，封面一般登錄有「原簿所管」、「記號番號」、「摘要」、「住所」、「氏名」等資訊。

帽底、衣領和褲袋，翻找食物、彈丸、刀具和番仔火，最後尋到那只藏在最隱密處的信封，摺疊好，收入各自胸前的口袋中，扛或不扛那些可能還活著的病患，最後才領火把趕路進幽暗晃搖的森林裡。那時候的許政信，會扶萬福仔起身坐好，然後把他揹上肩頭，奮力的走，出逃，離開每一處落腳地，直至重新磨難出腳掌底的一排水泡、直至腳下的鞋再次污損、直至那些藉睡眠補修的全部又被清醒毀傷殆盡，讓他顯得比昨日還要更加老舊為止。

當然，許政信尚不會知曉這些，他只能感覺到整個世界潮暖的包圍上身體，令眼皮和全身的知感都無比濕重。也許就這樣睡到日出吧。許政信想著，斜斜側靠著身後的樹，吐出一口倦怠的氣息以後，終於真正睡去了。還早呢，距離天亮的時候。

17.

八月八日

明珠出門時天氣仍熱。業已午晡，庄內滿地日頭，她嫌防空頭巾礙事，原本沒打算隨身帶著，但被正在井邊打水的阿母看見，要她披戴好頭巾才能離開。於是明珠折返入屋，從櫥櫃上取了頭巾，轉身回到稻埕，當著阿母的面穿妥。但阿母猶不放心，開口又叮囑幾句後才讓她外出。明珠自然懂得阿母的憂慮，但她知道的其實比阿母以為的更多，或許她還比阿母更善於辨識來襲米機的種類呢——庄內的囡仔們，經常圍聚著討論戰事和戰場上那些遙遠的兵器，他們認得藍色的格魯曼、大窗仔似的雙胴P38，還有寬廣得像朵雲的B24爆擊機，倒是皇軍的飛行機已許久不見，讓他們漸漸無法認得。囡仔們喜歡講那些早先從大人口中聽來的戰報，想像皇軍威風的縱橫過海洋和森林，但是戰報後來少了，他們也不敢向大人多詢問，免得平白挨罵，甚或遭藤條甩屁股。

繞出稻埕，順著小路，明珠往八股陂走去。午風拍出稻穗厚厚的聲音，幾乎要遮蓋過她的聽覺。沿著那片聲響，明珠看見田裡的稻仔概已黃熟，但多半猶未收割，天空偶飄薄雲，陽光直直照入田間，讓彼處滿著一片飽實的明亮，幾乎要溢過田邊的圳溝。眨眨眼，濾開那些太美好的光，她繼續前行，繞經人家的竹圍仔，轉過幾個彎，一段水牛的哞叫聲從更前方傳來。明珠稍跨大腳步，行踏到陂腳，但那裡沒有半個人，只有水牛的足印落在地上，蹄踏聲在某個角落搖搖晃晃。尾隨著牛蹄尖的印跡，她依傍著圳溝邊的小道走，小道兜繞陂塘，每處轉彎後都是滿目的稻仔，直到步經第二個彎，明珠才看到阿洲和另外兩個男生，走在陂邊淡而稀疏的樹影裡，身後跟著阿洲家的牛，滴滴墜下的陽光讓牛尾巴甩動得迷離。那裡只有他們，沒有其他人，這時候大人多在休息，庄頭歸囡仔所有，男孩女孩泰半都在這個時候出外玩耍，但現在卻沒見到任何一個女生。

悄悄尾隨數步以後，明珠開口朝他們喊：「恁欲去佗位？」

三個男生聞聲，齊齊回頭瞥來，只有水牛還愣愣的朝前方漫行。他們三人的肩上各靠著一支短竹篙，腰際掛著竹簏仔，和小口的麻布袋，脖子上當然沒有防空頭巾。

「你欲創啥啦？」阿洲不耐煩的問，一邊伸手拉住牛索仔，嘘聲喝停水牛。

「你佮我管，我就是想欲知影敢袂使。」明珠應道。她知道，對待庄內的男生，只有夠刁蠻才能讓他們搭理。

「刺查某，以後無人敢娶你。」跟阿洲一般黑、一般瘦的阿興回嘴。

「哼，你才娶無某咧。」

「阮欲去釣魚仔啦，你敢有欲去？其他查某囡仔攏無欲去咧。」三人之中最古意、頂顢的旺仔說。

看著他們，明珠確實遲疑了一下：她不喜歡釣魚，討厭拿杜蚓仔或雞母蟲作餌，害怕看魚仔在自己的手中或地上跳動掙扎，然而她知道帶吃的東西回家可以讓阿母歡喜。考慮半會，明珠還是決定和阿洲他們去釣魚，反正竹篙樹枝路邊可以隨手撿，棉線可從三人身上湊合，釣餌則掛在他們腰際的麻布袋裡，什麼都有，只差帶幾條魚回家當飯而已。阿洲看她跟上來，嘴裡嘮叨旺仔管不住口舌，無事讓一個討厭的女生跟上。旺仔沒應他，只是甩著手裡的竹篙玩。

收穫時節陂塘並未放水，圳溝水淺清澈，直透溝底。開始物資配給以來，庄內的大人也不時會到圳溝陂邊摸魚找蝦，多少給家人的舌尖添點肉腥味。魚蝦被嚇慣了，沒事也朝圳溝水更濃綠的深處藏去，使得現在只有那些地方還能拐到笨魚上鉤。他們四人繞著陂腳前行，阿洲家的老水牛走在最前面，偶爾偏向路邊的草叢處貪幾口嫩草吃，嚼罷了才慢悠進他們之間，溫溫慢慢的跟著。

老水牛沒有名字，或者也有很多名字，端看牠什麼時候、走在哪片田裡。前幾年，庄役場鼓動庄民奉獻牛隻，庄內人窮本底就缺耕牛，實在無法派出所有牛隻披日丸旗奉公，經過反應，留下了阿洲家的水牛協助庄人耕作；牠在庄內的牛群中歲數最長，有生以來犁過的土，說不定足夠把鄰庄的幾口陂都填飽，因此免了遠派支那或者被製作成牛肉罐頭的命運。跟著阿公和阿媽，明珠習慣喚牠做阿目，主要是因為老牛有對大而亮的眼睛。當阿目走近時，明珠喜歡貼靠向牠、伸手輕輕拍撫牠毛鬃鬃的背，然後看看阿目那雙眼睛。在阿目的眼睛裡，明珠總是看見一種敦厚、憨傻，甚或有些困惑的模糊與朦朧，彷彿並不是很清楚外邊的一切與自己如何相干，但那樣的眼神通常不會延續太久，一旦牠想起，阿目又會慢悠到圳溝邊，啃嚙溝沿攀生的花草，鼻孔噴出放心的呼吸。

戇牛。阿洲喝斥，抄上手裡的竹篙，輕輕甩過老牛的屁股。阿目在原地稍頓了半晌，又繼續朝前走去。

他們四人來到圳溝一位彎繞處，圳水在溝內兜轉打旋，濺起細碎的白沫，漂蕩下的落葉或樹枝，流入洄彎後便捲陷其中，消失不見，圳水則於出彎處緩下，纍成一疊深水，水波綠而硬，無法輕易看穿。庄內的孩童自小便在圳溝邊玩耍，並不畏水，但是每年總難免耳聞一兩個庄人淹死在陂底或大圳溝內。在樹下簡單繫好阿目之後，阿洲三人謹慎的站開距離，拉妥釣線，從麻布袋裡揀出一隻杜蚓仔，穿上釣鉤，接著就各自蹲坐在溝邊，下鉤等魚了。明珠繼續順著陂邊漫行，沿途挑揀適合的樹枝，綁線下餌。近處樹群不少，但底部幾無落枝，只有少許白蒼蒼的短草覆長在那裡。近期農作用的肥料短缺，而稻作增產壓力甚大，庄役場遂強迫各戶按耕地大小，於指定地點堆製肥料。未能堆製出規定份量者，則會被抓去拘留，是以庄內每戶人家皆全心堆肥。然而，縱使田地、菜園內的枯敗枝葉皆已收集乾淨，尚且有人因肥料不足，趁夜摸黑掏盡庄頭各處能腐會爛的東西。

晃繞了半周，明珠仍沒找到能夠裹纏釣線的樹枝，最後還是踮腳在一株相思樹幹的岔處撿到，枝枒末端還留有強攀硬折的裂口。她回返圳溝邊站好後，落竿候魚。阿洲他們三人一尾都還沒釣到，嘴裡正在咒罵躲匿的魚群。明珠低頭望進那片青青的水面，看見那裡少有波瀾晃蕩，連水流都像被糊仔沾著，無法逐一辨識。她將釣餌朝圳水的角落點了點，敲出一陣淺漣漪，想試探那底下是否藏著魚，但她的釣線沒有振動，裡頭說不定沒有什麼活物。阿目吃過腳邊短絮似的草，短短叫了一聲後揚起頭，將牠那對開闊的眼睛湊向午後清亮的天空，踣腳蹬踢地面，撥起碎碎的草屑。

揚起竿，明珠決定順水流朝更下游處找魚。她走出陂腳相連成片的樹蔭，步入無有遮蔽的太陽下。天光下，圳溝水微微淡透，她隱隱看見溝沿角落暫棲著一抹魚影，正在那裡款款擺尾。她放低樹枝，將釣鉤探入水面，等那尾魚上鉤。明珠注視著圳溝底，只見圳溝水冒升出細細波紋，那條魚拍水竄離了，她聽見蟬嘶突然大片大片壓來，倏然又再退開，彷彿被吸入某個遙遠的端點中。明珠舉首四顧，瞥見稻田彼端，遠遠的路頭，兩個穿國民服、紮綁腿的警防團阿叔，坐在一部急急運行的自轉車上，後座的那個，手裡猛猛搖著警報器，一大串嗚嗚嗡聲掉在他們身後，得等到風撒過來，水螺聲才彈遍整個庄頭。

聲音持續許久，是警戒警報❶。米機就要來了。明珠還來不及收竿，腳步就先邁開，釣鉤在她身後曳出一道細細的水痕，陽光一蒸就揮散。最近的一處防空壕就在不遠的那戶人家，應該能夠趕在敵機臨空前抵達。她邊想邊跑，鑽過樹蔭底花花的光影，兩手忙將頸後的防空頭巾披戴上頭頂。已經不見阿洲他們三人，只剩三支釣篙倒在小路上，釣鉤上穿著的杜蚓仔緩緩在扭動。

水螺聲後，是飛行機鬧鬧的炸響由天邊鋪展過來，世界正在抖搖顫晃，阿目還被拴在樹下慌慌的昂首、甩晃脖頸，然後牠扯鬆繩索，揚蹄沿小路踢踏入烈烈的日曬下。明珠看見了，暫時忘記逃，跟上去想把阿目拉回樹蔭下躲藏，否則米鬼來襲，牠可能會被敵機的彈丸打死——明珠聽阿公講過，有次中午空襲，溪洲有群聒噪亂竄的鵝被米機當作目標掃射，少數庄民臆測是米軍誤把那裡當作了兵仔營，更多人覺得米鬼殘虐無比，連牲畜也要殺著玩，把彈丸當沙土撒得到處都是。不管怎樣，一頭水牛跑在日頭底下萬萬不是好事，黑又闊的牛背當空俯瞰，絕對清清楚楚，正好讓米軍擲彈丸練照準。

回過身，明珠奔出陂腳的淡樹影，尾隨在阿目後方。索仔拖在小道上，拉出散散的土沙，而水牛跑開了腿腳，朝愈加開闊的日光奔去，厚影貼在烏烏垂墜的牛腹底，被曳得模糊了。明珠開口喊阿目，要牠別怕，跟著自己躲到樹下就好。但水牛聽不到，四界的音聲太滿而牠太小，只能逕直的在其中奔逃。大口大口的呼吸，明珠的耳中是自己的喘息、眼睛裡是抖動的世景，然後是一片影子掠過，遮天遮地遮著她所能目及的一切。明珠抬頭，望見日頭滅消，一架龐大的爆擊機懸掛當空，潑濺出暴躁劇烈的聲音。

明珠什麼也沒想。

黑影滑經過她。她什麼都看不見了，只有聲音這麼喧鬧，圍擁著不走開。明珠感覺自己浮起、脫離地面，朝某個方向飄去。她無法控制身體，暫時忘記吐息，僅能被那片烏影子帶著。直到重又開始呼吸，一股厚而亂的氣味撞進明珠的意識裡，眼前的是貼靠得極近極近的路面，由那裡看過去萬物俱大，什麼聲音都好清晰。明珠發現自己趴臥著，背上是幽涼的樹蔭，一隻粗糙的、男人的手由後方輕輕壓著她的頭，低低用日本話叮囑道：「趴好，別動，用姆指塞住耳朵，另外四隻手指遮住眼睛。」

「阿目咧？阿目咧？彼隻牛咧？」明珠以台灣話問。

「水牛嗎？水牛會沒事的，妳躲好，不要動，不要動。」男人說。

明珠聽話，伸手將眼睛和耳朵遮住，整個世界於是靜止了，只有那道氣味愈加強烈。我知道這個味道。明珠想。阿叔離家以前，曾經有一名日本巡查來過家裡，靴子嗶啦啦踏過

---

❶ 防空警報分為不同階段，第一階段為「警戒警報」，第二階段為「空襲警報」，警戒警報為持續三十秒的長音警報。資料來源：《台灣防空讀本》。

稻埕。彼時，明珠正在稻埕邊玩耍，一見大人，便忙躲進廳裡，只從廊柱後探看。她見阿媽行抵門前，迎著斜斜進屋的光，欠身。她看到大人戴著一雙亮亮的白手套，手裡有張紅色的紙；風滑過，紅紙晃晃，皮靴嶄新而僵硬的氣味跨進門檻。她嗅聞過這氣味後就記住了，一如聽過霆雷聲之後便無法遺忘可怕的閃電那樣。

許久許久，也或者不很久，明珠感覺到腦後的手掌挪移開，那個人大概站立起來了。鬆了遮住眼睛的手指，她看到一雙皮靴踩入視野裡，靴子上覆著一層薄沙，但皮面仍然吐放出銳利的光，整鼻腔的氣味全從那裡散發出。明珠稍稍昂首，看見靴子以上是巡查的黑制服，大人似乎正對著遠方的什麼人喊話；語畢，他便沿著小路急急跑遠了。明珠依然趴臥不動，嗅聞仍留在原地的皮靴油亮氣味，之後才移開堵著耳朵的姆指。群蟬的嘈鳴復又回返，但猶能聽到米機凌空而過的爆響，天地繼續顫動著。她試著起身，但極困難——她在發抖，而且自己此時才查覺；手腳脊背皆同，無法抑制，似乎剛剛遭遇的一切都隨著聲音再度填回體內。慢慢呼吸，安穩自己，她終於爬起，站妥，朝前走動，探頭出樹蔭窺看。米機飛到天邊了，就一架，除了破空的吼吼音聲以外，只能隱約目見草綠色的機身和銀灰色的機腹，可能是要前往桃園街方向去爆擊。解除警報還沒響，但天頂暫時空著，阿目已經不見了，遍野無人，明珠朝樹影外探出一步，再一步，踏入下晡的暖光裡，然後全身進到光中，終於跨出大步伐，快步奔往家的方向。

18.

少年們都疾疾跑著，彷彿正被什麼追趕。

據說郡役所防空課發出通告，正午時分新竹飛行場遭到米軍大隊B24爆擊，敵機可能在空襲後隨機揀定目標掃射，或拋扔殘彈，不可大意輕忽。警戒警報猶未響起，開闊的飛行場上風吹得這麼沒阻攔，而軍曹已經開始咆哮，喝令各班完成敵機上空前的準備工作。

許政義還沒感覺到恐懼，只是埋頭奔向前。隨著指示，他、小林和薛緊追在班長身後。他們揹小銃、腰掛裝有彈丸的藥盒，跑出一長串金屬鏗鏘聲，準備前去將竹編的假戰鬥機拖拉到滑行道周邊的掩體內，誘騙敵機誤炸，掩護密匿在樹蔭下的戰鬥機。早先他們也曾燃燒稻草，製造又髒又亂的煙霧蒙蔽敵軍，但是煙霧反而變作米鬼的爆擊目標，數百斤的爆彈直直往濃煙處拋，後來只好取消此項應對措施。

掩體邊，假戰鬥機停放在那，外型仿照飛行場內配置的飛燕和九九式，竹片編製的機身上糊著草綠色紙，機身和機翼繪有赤豔豔的「日之丸」，比真正的戰鬥機還要完好簇新。由班長指揮，他們一起施力將竹製戰鬥機搬移往滑行道方向。假飛行機無甚重量，他們直接將它扛著跑，輕輕巧巧，寬大的兩翼偶爾會吃風飛起、短短離地，而那底下鉤拉著的陰影將他們藏得極好，幾雙黑壓壓的腿，遠看大概像是飛行機滾滾運轉的著陸腳。機身表面塗糊的紙張連連拍風發出吼吼聲，彷彿他們真的要把一架戰鬥機推上滑走路，等待升空。在影子底下，許政義看見整個飛行場忙又亂，防空陣地的機關銃正被絞動調校，古兵和學徒兵各自編組，藏入滑走路邊以土沙堆製的掩體內戒備，幾個警備兵拉著滅火用的手壓消防車，把車內的水濺得到處都是，將滑走路濘成大片爛泥地，以免乾燥的沙土太顯目，一眼就被米軍的爆擊機發現。迎風漸廣，假戰鬥機的機首昂得高，彷彿真的要拔地起飛。許政義所見更加闊遠了，他看到其他人也分別推拉、扛著其他假飛行機往掩體去；他們沿路經過假的掩體以及假的機關銃，只有汗水、呼吸和疼痛是真的。他依然只是跑著，沒有恐懼也沒有亢奮，唯有跑，把那些假偽的東西衝刺得更模糊，而模糊會讓那些假偽顯得更加確實。

上了滑走路，那裡的沙土已經被警備兵灑濺得半濕。許政義他們跑得滿腳爛響聲，泥巴潑得四界都是。停妥竹製戰鬥機，他們朝滑走路邊走去，匿入掩體內，蹲著、趴著，伸出小銃瞄對向外，扳開銃身上的表尺、推拉桿將彈丸送進藥室，然後把手指搭靠近扳機。彼時，尖銳的鳴笛聲終於自遠方的防空監視所傳來。警報鳴亮了，音聲扯拉得長又利，足夠把所有人的聽覺殺去。飛行場上已經看不到任何人，天空讓出遼闊的所在予米機臨空，陣地內的機關銃溜滑的在轉，整個世界都在等待預期的事情發生開展。隔著表尺，望進照星，許政義微微瞇著眼，銃床抵緊肩窩但眼中的世景猶沒停定。他察覺自己的身體於靜止的時候還是會發抖，而那大抵與記憶有關。

約略一個月以前，敵機於飛行場上空拋擲數張落下傘，所有人都以為是米鬼的空挺部隊要來強行著陸，紛紛藏進掩體後備戰。初次與敵接戰的學徒兵們牙關喀喀顫，把懷中的小銃都晃出嘈嘈的聲音，接著爆彈吼吼炸裂，遮過天地與他們，然而直到警報退卻，他們都遲遲未見米鬼部隊襲殺靠近。所有人離開掩體在飛行場四周巡繞後，始發現敵機方才擲出的是落下傘爆彈，某個彈坑尚且躺有一枚未爆彈，外表亮著一層堅硬的光。一名內地班長指揮轄下的學徒兵搬走這枚未爆彈，於是幾個人一起將爆彈扛至滑走路邊，牽數條繩索繞樹扎緊，把未爆彈懸吊拉高，當作昆蟲標本研究觀摩。後來，其他人只感覺一道燒燒的重風壓迫過來，接著滿飛行場都是轟轟的爆響，然後就再也沒有看過那名班長和整群學徒兵了。所有人都猜到，是未爆彈猛然回魂引爆，將在場的每個人都削切撕爛了。但是猜歸猜，沒人能從那件事情回來告訴他們真正的原因了。

至今，許政義仍可清楚回憶爆彈炸裂時劇烈兇猛的風和聲，以及隨伴而來的、毫無可能掌握人生概況的茫然感。他深深吸氣、吐出，讓自己平靜，於是四界的震盪更顯明了。重壓的聲音自桃園街那方靠近，掩體內的他們小小揚首，瞥見視線盡頭的整片田野盛著日頭亮閃閃，更上面的天空躺著虛虛的薄雲，隨後，光稍低落，一角烏影越過那面耀閃的稻田略略竄高，黑暗漸巨，就要佔滿他們所有人的視線了。敵機臨近，少年們已經能夠隱隱看到B24機首的艙罩和機關銃，兩翼的四面螺旋槳簌簌捲過午後的天空，日光被拌亂了，那裡於是濛濛茫茫。瞇著眼，許政義謹慎的檢視敵機的左右與後方——米機通常以三機一組的編隊方式進行空襲，隊形轉為一線後便俯衝向下進行爆擊，絕少例外，然上空的敵機只是單一的懸吊著，未見其他敵機伴隨。

「就一架？」薛細聲說道。

「難道是米鬼的新戰術？」小林喃喃著。

「或者⋯⋯」有誰接著講，但是後面的字句來不及被其他人聽見。米機上空了，由極高空拋落的闊影，遮罩住整個飛行場，即便僅有單架B24，發動機的聲音依然無比厚重的自天頂壓下，萬物抖顫得更猛烈，彷彿有了自己的恐懼一般。少年們放低頭，不看天，不看稀疏的雲，也不去看爆擊機機腹那面隨時可能開啟的爆彈倉，只專注於能及時抵達的地方。地在晃動，遍野的稻仔像似活物，掠空鋪降的暗影還沒撤開，眼前的飛行場只有一款污色調，讓米鬼無法從高空識出此間猶有活物，但許政義發現了，就在滑走路邊緣，秋子走出稻田踩踏進來，看上去比平常更加顯目。她慣常穿著的那領洋服清潔了，豔著耀眼的赤色，原本纏結的頭髮亦已舒展，隨稀微的細風款款擺。髮稍搔動她白淨的臉龐，使那裡的線條花亂了；她微垂目，兩手撩著長裙襬，一雙小腿像幽隱的光，似乎未曾被泥巴沾染髒。許政義似乎第一次清楚看見秋子，那麼完好，一點也沒有過去受盡日子鑿削的不幸模樣。飛行場邊的其他人看到了，天空中的米鬼大概也看到了。

米機在天上，紅洋服和大片黑長髮在地下，秋子步伐慢，把濕漉的滑走路履踏得好平常，似乎無處不能為她走動。

現今米機採取無差別空襲，秋子不像其他人那樣穿著國防色服裝，危險而無掩蔽，但沒人敢，或者是沒人覺得有必要搭救她。整個飛行場都在觀望，秋子和爆擊機都動得緩，米機的影子和暴躁的音聲遲緩拖移經四界，銃床敷著士兵的肩窩，熱得他們汗濕搔癢，然猶能等待的都在等待。直到行至飛行場中央處，秋子放開手，裙襬落下重又遮蓋住雙腿，她望著腳底那片大影子，但找不到自己的，她似乎很是疑惑的注視地面，然後終於抬起頭，看見頂上那架巨大的爆擊機逼臨。許政義無法觀見秋子的表情，但能夠約略看到她的側臉和嘴角，彷彿正微微笑。

接著，風從米機處爆墜下，湧向飛行場四處，掀開遍野的稻仔，零碎的黃稻穗和破草屑被拍捲起，連滑走路的濕泥巴都生出漣漪，匿在田裡偷吃稻穀的千萬隻厝鳥仔全被驚起，竄飛沖天，像是地上寬闊的闇影拔地起，要接上天空了。厝鳥仔鳴叫得太鬧，佐著米機撒出的爆響拓開，掩體後的所有人都蹲低、兩手掩住耳朵，但仍抬頭，看群鳥遮天蔽地，甚至隱著米鬼的Ｂ24，直到一切聲音與影子盡離開，日頭突又朗朗，他們才舉頭顧望——爆擊機離開了飛行場，只有發動機的聲音還在蕩蕩響。許政義瞥向滑走路，見秋子還在那裡，似乎仍等待著什麼；風軟了，溜開她的裙裾，泥土再度潑髒她的腳。掩體後的士兵慢慢伸出小銃，然後探頭張望，久久未有人稍移，直到軍曹吼出聲，要人去把秋子驅逐出飛行場，士兵們方才動作。

在許政義身邊發抖的小林，最後才揚首，對其他人問：「米機呢？」

「往大溪那邊去了。」薛放低小銃，張望著。許政義順著他的眼神瞧，見米機平平飛著，比爆擊機還高的山在更前方，數重雲疊在彼處，雲影蔽著溪谷邊的大溪街。Ｂ24闖向雲，大概撞散了雲堆，成落成落的雲被炸碎開，從爆彈倉處摔墜下，迎風飄開了花。少年們看望著，並不十分懂得那些東西，一如不能徹底理解自己與世界一般，直到班長由身後喝罵，要他們集合，準備編組檢整確認飛行場有無損壞。少年們忙答「是」，起步跑向滑走路邊緣處列隊。許政義看到秋子被兩名士兵由脅下架起，拖拉過滑走路。他又望不見秋子的表情了，但是他暫不思想，低頭跑入隊伍站定。待他想再度窺望彼處時，秋子和士兵都已消失，僅剩下泥濘的滑走路上並列的四行腳印，還有一對極長極長的，某種事物被拖動經過後遺留的痕跡。

八月九日

19.

當風吹來，黃承德總感覺自己的吸吐也隨之遼闊起來，然而那僅是片刻間的事，比風停留於身上的時間還短。

坑道口，張仔正彎著腰，以沙挑掬起地面上的廢土，抛扔上板車。他手腳俐落，獨自一人便填了近半車的土。黃承德盡可能跟著，然每當兩手把盛滿土的沙挑抬舉至腰際時，身體的重量便刺痛右膝，讓他的動作遲緩了。將鏟面上的沙石擲入板車以後，黃承德稍停歇息；他微低著頭，把臉藏進暗影裡。午後的陽光由頂面撲落，坑口沒有蔭蔽之處。午後日頭當空，谷地裡一片燠熱，唯有此時，坑內作業會較在外清運廢土涼爽些許。黃承德眼瞥四下，看見阿勇和金水慢緩緩的擺動手裡的沙挑，每次下鏟，掏起的總比抖落的更少，面前的那疊土堆似乎經久未變，猶如初見。

昨日伊始，阿勇和金水便漸少理睬張仔。張仔似乎並不介懷，只管各自做事。黃承德還記得他們兩人昨日講的話，猶豫是否將此事告知張仔，但尚未能徹底明瞭阿勇和金水的想法，思前慮後，決定暫且不表。

板車終於屯滿土石，張仔兀自往板車前端走去。阿勇還拿著沙挑。金水的嘴淺淺磨動，像是口裡含話。黃承德在板車後方站妥，但不知板車現今要如何前進。張仔從那頭側首過來覷著他們，金水與阿勇也回望過去。黃承德看見張仔黝黑的身體上亮著密而細的汗水，於日頭下像一柄熠熠光閃的鈍刀。

「來走啊。」張仔簡短的說，然後回頭拖動板車；他穩當的走，爛板車也跟著徑直前進，沒半點廢聲音。黃承德尾隨著，將兩手搭在板車尾端、拖曳病腿推動板車。車比往常沉重許多，但張仔不作聲色，只是前行，跨出的步伐恆定，只有一身的汗水更加淋漓了。低下頭，黃承德用盡力氣支撐板車，他無法看見前進的方向，只覺得陽光由頸後削切而來，許久以後才聽見腳步聲從身後徐徐靠近，板車稍微輕巧了一些。稍抬頭，板車旁走著阿勇和金水，黃承德稍微瞥了他們兩人的表情，只一瞬刻而已，他將目光轉睨向谷地邊緣的山坡，那裡長著無生氣、將死的野草。這段路似乎比往常還要漫長許多。

海的迴聲逐漸在耳邊滔滔，風稍強，偎海那片山崙的沙礫混雜其間，流向他們，讓他們裸裎的身軀一片麻癢。仍然無法目及大海，然而當黃承德嘗試抬頭眺望崙頂時，彷佛能窺見那後方整片海面躍跳出灼灼光線，但無法再看到更多了。他們將板車拖向廢土堆，土堆上似乎已長出稀疏的細草。張仔掉轉板車，將車尾朝向土堆，然後四人分別攙著板車的兩側，將車頭抬起，讓坑道裡的沙土攤覆下。當黃承德再回頭時，所見又只剩下糙糙的土石。放低板車，他們四人站定不動半晌，日頭掛得高，光線曝過他們整身。黃承德空空望著，阿勇和金水注視著張仔，張仔則面對谷地。他們都沒有說話。

板車動了，他們往回走。張仔拉車，黃承德推車，金水和阿勇稍稍落在後面，由海邊吹來的風偶爾會帶來兩人的碎耳語。車子空了，扶著車尾比方才輕鬆許多，而黃承德忖度著，自己是不是也應該放手，離開張仔。他想著他們各自說過的話，試圖解清其中的道理，但不可得——公用地的一切本來就是沒有道理的，而他們正是其中的一部分。

回返坑道的路途中，風勢漸弱，他們經過彼此寫居的草寮，嗅聞無風的樹林裡整間破屋散發出的難聞騷臭味。樹蔭底和坑道口都不見阿本仔伍長，金水和阿勇乾脆踱至樹影下閒走，張仔則穿過那些，拖動板車繼續前進，黃承德在車後粗喘著氣尾隨。前前後後，所有人都抵達坑道口，再度取起扁擔、挑起漸趨破爛的畚箕。坑道飽脹著巨大的陰暗，彷彿正要朝某個地方掉落。黃承德跟著張仔進到坑道內，就他們兩個，阿勇和金水還站在有光的入口處，從坑道裡回首望向他們，僅能望到他們的身影。沒拿電土燈，眼前幾乎看不見路，但張仔走得毫無遲疑；黃承德稍慢落後。黑暗中，黃承德漸漸懂得，自己仍如斯行事，與喜惡是非全無關係，不過是因為也只能如斯行事而已。

前方，一道光棲定在彼處不動，興許是抵達坑道盡處了。此時由客人仔輪班挖掘，但黃承德知道他們可能正潛躲於燈火未至之處偷閒。喚作勁生的那人，仗持著自己經驗老到，並不按交班時間做事，泰半時候都結夥匿著。然那方光照似乎正朝他們貼近，並且愈趨巨大、愈來愈佔滿他們的視界，光後面尾隨著幾朵皮鞋鞋跟沾地的腳步聲，逕直向張仔和黃承德處過來。

阿本仔？

「真稀罕咧。」張仔喃喃道。

光和腳步聲一起停住，宮下伍長從光照後面探出臉來，他穿著整套軍服、頭戴戰鬥帽，在烏暗的坑道裡顯得突兀而無任何必要。他手中持著公用地裡僅有的一把手電筒，比他們使用的電土燈更亮更光。伍長將手電筒擱下，強烈的光線圈在他的腳邊。他淺淺抬頭，望看周圍問：「其他人呢？」

張仔沒有回話，黃承德覷到伍長正緩緩在檢視他們的臉容、肩上的扁擔、破畚箕，以及更後面的黑暗與黑暗。宮下伍長將頭上的戰鬥帽摘下，由褲袋裡掏出手巾，拭去額際的汗水，然後關掉手電筒；光瞬間退開，他們的眼睛一時看不清了。

「坑道外的陽光非常熾烈吧？工作起來並不輕鬆噢，這裡相較之下舒適多了。」宮下隨意的說。他壓抑音量，以免在坑道裡引起迴聲。他的語調與往昔那種怯弱相異，表情則潤在急湧上的黑暗裡，無法辨識。「鎮日作業很辛苦吧，無人協助的話，即便再努力也是徒勞噢。」

張仔沉默許久，然後開口問：「你想說什麼？」

「我想你也知道，那幾個廣東族❶的公工，總是不遵照我的指令作業，同時還將他們的工作隨便推脫給你們，相信你和你的同伴們都對這件事非常不滿吧。」

張仔暫不作聲，而黃承德的背後有一絲虛弱的風，大概是由坑口流抵此處的。他感覺到背上一股空曠的涼意。

「說起來啊，不努力遂行軍部的命令是非常不智的，戰爭還會繼續很久啊，米軍遲早會在台灣上陸，這樣平白無故的拖延作業，對所有人都不好。你們也希望早點回家見家人吧？不想辦法在鬼畜侵攻下成功守衛皇土，無論逃到哪裡，都命定一死噢。」

「你到底想要什麼？」

宮下將臉上的汗水抹乾，將手巾收回褲袋裡。「我希望你可以和我聯手，制壓那些廣東族的氣燄，想辦法盡速完成坑道的構築，否則隊本部怪罪下來，對我們都不好。說起來，我比你們更加怕死噢，還有家人在內地等我呢，一點都不想莫名其妙死在這個南方島嶼上，但是現在的情勢，可不是一昧的逃避或反抗就能夠活下來啊，只有依循著某種類似潮流的東西行事，才有機會生存到最後。我說的這些，你應該都能聽懂吧？只要你願意協助我，往後由

❶日治時期的官方文書及調查統計資料，泰半以「廣東」或「粵」指稱客家族群。

隊部派來的補給物資，我便優先配給予你們。」

他稍停頓半晌，等待回應。稍遲，張仔聲音平平的對道：「你憑什麼認為我會接受你的提議？」

「因為你懂得，你一開始就懂得了。」

伍長說完，扭亮手電筒揚起朝前。黃承德又被光照炫盲了，在他的視界中，張仔和阿本仔兩人只有黑糊糊的、無臉面的身影。在龐大散射的光後方，伍長大概直直凝視著張仔，而他不曾稍動，僅是站立。阿本仔離開了，朝坑口的方向走去，手電筒的巨光也跟著往那裡潮退。黃承德望著，而伍長行經過他，似乎並未看到他，或者從未發覺他。光走遠，眼睛終於又適應黑暗。黃承德回過頭，猶仍只睹見張仔佇立的背影，前方是坑道盡處的一團火光。張仔暫時停著，還停著，黃承德聞見身後坑道出口那側，細碎的咕噥聲隨一陣長風而來，聽起來像是金水和阿勇肩起扁擔，正要動身入坑；也正是那道風推動了張仔，讓他重又開拔起走，向著黑暗盡頭走去。黃承德走在風之前、張仔之後，觀望他的背影逼近那片逐漸開闊的光亮。突然，那個他已知的末端消失，漆黑無盡延伸，而足袋抹過地面的沙沙聲猶近，張仔還持續走著，彷彿就要進到某個極深極遠的所在。

20.

萬福仔說他在樹林間看見人了，聲音細又輕，許政信稍久之後才聽到。瞇起眼，許政信往叢林瀏覽，但望不到什麼，只有烏暗。

遐啥物攏無啦，你莫烏白想。許政信小聲說，但他其實不知道萬福仔說的那裡是哪裡。叢林裡熨貼著齊一而平坦的夜闇，四界靜悄寡音，連他們行進時也無法在當中捺出腳步聲。土地是軟的，表面濕漉沾腳，他們愈走愈慢，幾乎就要停下，或者他們確實正停在什麼之中。

彼爿真正有人。萬福仔貼靠在許政信的耳邊說，頭顱隨前進的腳步顫晃著。

嗯嗯。許政信回應，同時搖動著背上的萬福仔，就像他以前哄逗女兒明珠那般，盡可能讓一切簡單，彷彿自己也因此得到一點勸勉。展目望，火把細碎的火星點點散佈於隊伍前端，順小徑依速度拖拉出光線，沾過沿途的草木土石予他們辨識前路。累極的他們，偶爾會在其間瞧見模糊的幻影，得停下腳步，空出手，把花影子揉出，否則可能會因此脫隊迷路。流光持續兜繞過巨木與巨木，突然在某處不動了，許政信望見彼處的山根急急舉起手，指示隊伍停下。戰友們趕緊住腳，但來不及掩藏火把，光線於是團團遠潑，幽幽的扎亮了叢林。

微光所至，他們看到林地由兩旁斜斜的傾側過來，眼前的小道垂落於林間低窪處，某幾段猶且積有大片的水，水面又使火光散得更闊了。亮光邊緣，有人目及一雙髒腳板擱在那，油著詭黑的色澤，小腿以上則消失隱沒於夜闇之中。幾個日本兵當那是沒有身體的妖怪，急忙端出步兵銃瞄對警戒，嘴裡唸著想得到的各種佛號經文，山根少尉也隨著掏出自己腰際的拳銃舉頭顧盼。詳細看，那裡正有一雙眼睛望向他們；仔細辨認，還能瞧出糊糊的身形匿在陰暗裡，像是夜晚，虛實不明而無法預期。少頃，鬼影子朝前踏出一步，原本隱著的部分顯露，探出與那雙腳同樣色調的身軀、臂膀，以及木然的臉，吊掛著一對太過分明的眼睛，厚嘴唇含在表情裡，頭殼上則曲著燒焦一般捲而粗的短毛。

瞇起眼睛，許政信看清站在那裡的人，終於認得了——那是新幾內亞當地的番仔，皮膚黑過泥巴和石炭，匿進叢林暗處後，得要拿手電仔或火把驅散濃影才可能發現他們。初抵新幾內亞奉公時，台灣軍伕經常在森林或海岸間遭遇這些番仔，偶爾也拿身邊的配給品和他們進行簡單交易，一根針或刮鬍刀片能從番仔那裡換到一推車的木瓜和椰子，日本軍隊也常以此差遣他們趕造飛行場或者構築工事。

山根還沒放下手裡的拳銃，他的視野所到之處，都能看見一隻又一隻凝視的眼睛，仔細嗅還能聞見他們在叢林裡久未聞到的人的氣味，和他們不一樣的氣味。他們被包圍了，無法掌握對方的數量多寡和所為何來，連那副張佈在眼前的表情都揣測不到。隊伍中猶能擊發的步兵銃不多，軍伕士兵的裝具皆已破爛，恐怕無法駁火硬拚，或者更糟，可能引來不遠處的米濠軍巡邏隊追擊。山根試著讓自己堅強，即便那和他曾經接受的訓練完全不同——他習慣面對別人的死亡，而不是自己的。

「你們是什麼人？」山根問，但是話語才落就後悔了。軍醫身邊幾名比較機警的古兵，悄悄壓低火把，準備趁番仔發動攻擊的瞬刻將火光捻熄，迅速將自己藏進暗處，至少能爭取一點閃躲的時間。許政信本來就在黑暗裡，但他並不認為自己逃得了；他蹲踞著，瞥看森林周邊那些身影愈見清晰的番仔。反倒是他背上的萬福仔出聲安慰，口裡一直叨唸：無代誌啦無代誌啦無代誌啦……

「日本人？」番仔以腔調古怪的日本話說，朝前踏出一步，進到火把更明亮的光照裡；他的表情愈加清明，但仍無法辨讀，只能看到他的眉間擠著一條紋路，臉頰上有道斜斜的疤痕。

山根還愣著，反倒是隊伍中的一名軍伕，以日本話緩慢而清楚的回應：「我—們—是—日—本—人。」

語畢，眾皆不動，氣氛緥，似乎每人俱已各自準備好要逃跑或拚鬥；而番仔聽罷只是點了點頭，伸手對他們輕輕揮擺，隨即轉身，離開火光。

「他們想做什麼?」

「他要我們跟著走。」一名軍伕回答山根軍醫。

沒得選擇了,再壞也不會比困在這裡更壞。所有人相覷了半晌,都跟著番仔走,少舉了幾支火把,但還是把步兵銃的銃床搭在肩窩裡,手指勾著扳機。在這叢林裡,他們什麼人都不相信,反而是來自其他殖民地的軍伕,隨著走踏而漸漸放心——軍伕們知道在地的番仔少有心機,被人拐騙了還會跟對方說多謝,毋須擔心他們害人。至少暫時是這樣。許政信心裡想著,彎腰走上緩緩的短坡。短坡後是更多的番仔,男女老幼俱有,約略十數人,每個都赤裸上身,也每個都臉無情緒。許政信注意到番仔們沒有攜帶慣用的弓箭或長矛,兩隻手空空晃在夜色裡。尾隨著那個番仔,隊伍進到無路乏徑的深林間,火把扔出光,也只有重重的野草和樹叢會再把漆闇擲回給他們。

自聯合軍上陸以來,他們已經在森林中穿行許久,卻罕與自己以外的人共處,不安讓他們幾乎忘了飢餓,焦慮的關注身旁的番仔們,每當暗處傳來草叢擺開、樹枝斷裂的聲響,所有銃口都隨之擺動向那裡。許政信仍在觀察周圍的番仔,他們似乎對日本軍隊並不陌生,毫無探詢或詰問的好奇——這些番仔可能是日軍攻下新幾內亞時,由海岸一帶遷入山裡的吧?許政信猜想。日軍曾強佔近海地區的房舍,番仔的武器和人口都無法比拚,有部分因此逃進深山。瞥望四界,許政信隻手緩緩探過腰上三枚重垂垂的手榴彈,無自覺的。

帶路的那個番仔走入一道樹影後，其他人則站定不動，安靜的注視著他們。

「日本人。」其中一個禿頂的老番人以雜雜的日語說，伸手指向眼前的森林。許政信發覺自己看得清楚了，深林中的這裡似乎散著晃晃的明亮，群樹之後隱隱有光，叢林裡的所有影子都從彼處躍出，蹦得又遠又開。山根的表情有些疑慮，他責令一名士兵先往前探查，隊伍則在後方不遠處待命支援。那名日本兵受命進去，許久都沒出來；如斯反覆派員了幾次，結果皆同。山根按捺不住了，指示全體前進，踏過那片模糊的暗影。

他們全被突然而猛烈的亮光灼花了雙眼，只能暫時舉臂遮臉，幾名戰友的眼角還因此滾出刺痛的淚水。隔著張開的手掌，許政信由指間縫隙爍爍覷見前方地面張著一落宏大的火，熾光濺灑向圍火坐立的四、五個番仔，十數間潦草的高腳屋在更外邊，木搭的牆面和草披的厝頂迎光抽長出碎碎亂亂的影子。高腳屋張蓋於叢林間少有的開闊地上，與森林相銜處長著十數株聳然的椰樹，樹梢位在他們見不到的高處，那上面應該是天空。

眼睛的刺痛退了，他們才發現所有番仔都面朝著他們，睜著遲鈍但深遠的眼睛。士兵沒有忘記他們手中的步兵銃，許政信聽見銃身與銃身輕輕碰撞出聲，幾隻皮鞋的鞋跟刮過地面，某個人小小退後了一步，和他的手臂相觸。許政信可以感覺到那人的衣服微微汗濕了。臉上帶疤的番仔站在火堆前，眉頭仍然皺著。他望望火光邊的地面，同時伸手指了指；另幾名番仔隨即以手邊的木棍撥鬆那裡的土，翻出一陣濃重的、食物的氣味。

在那之下是一口淺土坑，番仔們從裡面掏出泥土以及數枚燙燒衝煙的石頭，然後是大片油亮青綠的寬樹葉，葉片下是成串的香蕉、小堆的山芋，和一頭業已炙成褐色的野豬，豬鼻處還噗哧噗哧吐著噴香的熱氣，將整口土坑拱得暈糊。半晌以後，許政信方能重新把眼前的一切看清，也才能聽見除了自己之外，所有戰友的身體都發出飢餓的空響，響聲空空，彷彿來自極深的坑洞。面頰有疤的番仔抬起頭，向他們攤開自己的手掌。山根暫時沒有反應，仍困陷在久違的食物馨香之中，軍伕和少數士兵則已然會意——番仔想和他們談交易，用食物換取他們身上各種不屬於叢林的東西，說不定連他們沾血嗯臭的綁腿都想要。

有什麼能換到食物？撤逃入山以來，他們頭一次這麼精細且謹慎的打量自己。他們實在是太久沒有吃飽了，折壽命換取飽足都心甘情願。他們紛紛收起銃，低頭仔細掏翻自己的雜囊。山根突然回神了，他拿拳銃瞄向正從藥室卸出彈丸的士兵，喝斥：「渾蛋！你們這些傢伙在做什麼！」

番仔迷惑的看著每個人，似乎並不明瞭他們正在爭執什麼。一名軍伕自雜囊夾層中的夾層揀出一只橡膠套，再從套裡解出一個小紙團——許政信知道那是鹽，由軍伕們到海岸邊以海水燒製而成，顏色髒而黃，結晶粗且摻雜海沙，他自己身上也有一份，是野外自活的必需品。所有番仔都喜歡鹽，只要撒一些在掌心，就可以讓他們舔舐良久，沒有比這更討好的餽贈了。那名軍伕趁山根軍醫沒注意，將鹽包遞給有疤的番仔，嘴裡慢而大聲的說：換—這—

些—食—物。有疤番仔接過鹽以後，小小揭開紙包，用指尖沾了一小口淺嚐，然後遞交給身邊的另一個番仔，接著彎腰取了大塊的豬肉交給那名軍伕，豬肉還在滋滋滴油。隊伍間的所有戰友都不睬山根了，他們搜盡雜囊，翻找能夠交換食物的什物，繳出身邊的軍毯、雨衣、幾雙濕襪子、一、二支針，甚至是反覆縫補的戰鬥帽。他們動作急，好像身上穿戴的一切都還有可能繼續廉價下去。

「日本人。」有疤番仔瞥看過他們抛擲在地的東西以後，又如此說了一遍，然後朝後退開一步，對火堆邊的其他番人招手，接著泰半的番人各自散去，只剩幾個仍張望著他們，還是淡而遠的眉目。此時，山根說什麼、制止什麼都已無用，所有人圍攏上，分食那頭整豬；他們不怕燙，徒手掐捏肉塊，吃得滿身油膩。他們也嚙啃那幾個擱在邊上的甘藷、香蕉，粗表皮裡悶著粉粉的熱氣，甚至比豬肉還要滾燙，他們只能小口吞食，還沒忘記要藏一些進雜囊。許政信將萬福仔攞在火光能至的地方，與番人離得稍遠，然後趨近土坑，咬了一口豬肉便再也吃不下了。其實他們所有人都吃不下了，長期的飢餓和進食失常毀壞了他們的腸胃，他們吞入的一切都在消化後重新滿上喉頭、溢出嘴，讓他們像是要排盡自己那樣的嘔吐，那使他們滿臉涕泗、飄香的空氣中摻入惡臭、土地因混進黏稠的嘔吐物而泥濘，但他們還是那樣吃著，那樣吃著。

許政信俯身揀了一個燙山芋，回到萬福仔旁邊坐著，一點一點剝開手裡的食物餵他。萬福仔便慢慢的吃，慢慢的吃。成堆的火仍然燒竄得高，番仔屋後的樹影更加高大的壓迫過來。許政信看見椰樹成排立著，但間雜有寬窄不一的空隙，遠近某處有陣陣鈍器敲擊出的篤篤聲。萬福仔不吃了，薯芋沾口，他咳了幾聲。許政信遞出水壺讓他飲用，萬福仔喝過水、喘氣，身體似乎並沒有因為進食而轉好，反而更顯乾瘦，愈加透出破病的倦容。

山根少尉也混雜在士兵和軍伕之間吃食，但右手的拳銃始終沒有放下，一隻眼睛也總是望著銃口方向。他首先發現火堆邊的所有番仔都已不見蹤影，似乎連高腳屋內也沒有半個人。遠遠近近，鈍器敲擊出的篤篤聲依然響著。山根揚手止住其他人，仔細聽，那是空空的樹幹掉出的空空的迴聲。他差遣兩名日本兵到周圍探查，不帶銃，只佩銃劍，以免突生變故，武器遭奪。日本兵一前一後，繞行了一圈，終於在屋舍與叢林交接處發現了消失的番仔。他們圍聚在森林邊緣的椰樹下，幾無言語，即便對話也音聲低微。光線稀落，士兵看不清他們的表情和動作，但在闃暗間見到幾柄石斧，刃處平整，倒映出點點刺目的微亮。

兩個日本兵回到火堆邊向山根匯報，說那些番人藏在屋後的樹下，各人手裡揑著石造的斧頭，似乎正在打鑿什麼。其他人則真的停下吞吃，看著兩名士兵不安的表情。他們心裡已經有底了，番仔打算趁眾人飽餐疏忽之際襲殺他們，要殺他們的理由隨便湊合都是——番仔的屋舍曾被日軍佔據、族人被編派勞役、狩獵遊走的土地變作戰場、連女兒或妻子裸露的乳房都曾遭行為不檢的兵士賊過——理由太多了，而且幾乎人人有份，即便沒做亦耳聞或看過，已分不清責任誰屬。山根想得更壞，他懷疑此區恐已成為聯合軍的佔領區，番人可能和米濠軍合作，巡邏隊隨時將至，說不定屋後還收有敵軍淘汰的舊步兵銃——倘若真的如此，他們勝算不大，即便擊退番人，聯合軍的正規部隊一到，他們也只能束手，或者相拚玉碎。戰友們各自拘束在自己的想像和疑慮裡，許政信也開始擔憂，雖然他記得自己從來沒有得失過番仔，還曾經和他們分食過椰子，但仍模糊的知道，他的過錯來自他的身分，再沒有其他任何理由。

萬福仔已縮坐在火堆邊睡去，許政信將他推晃醒，揹起他，感覺萬福仔冷冷的軀體，即便燒燒的熱氣就跳動在眼前也一樣。敲擊的聲音還在，篤篤篤篤，一聲疊過一聲，然後許政信聽見山根軍醫以一種低抑的語氣嘶嘶說：「先動手，要謹慎。」

山根走到火堆邊，拾起邊緣處一支正在旺燒的木材，其他戰友也跟著取火。光於是轉由他們的手中漫漶出，將他們各自的影子紊亂的鋪開摻混。依憑著戰場上的默契，山根指示士兵和軍佚前往不同的高腳屋，待他令下後一起燃火燒屋，逼使番人離開。

舉高臂，山根正準備差遣部隊放火，但有一名二等兵太過緊張，讓手中滾燒的木材過於貼近高腳屋，火焰順勢攀掛上，焚乾水氣後把屋子的腳柱支架撐出長串的爆裂聲，沒辦法，其他戰友也只能隨著點燃整片房屋。零落的炸響逐漸脹破夜闇的叢林，番仔們敲鑿樹木的迴聲停歇，恐慌的呼喝掀起，並且不絕，烏黑的人影斷續從開展的大火後方竄逃開，嘴中還唧著滿口的驚駭；那些形影在火光中細瘦而模糊，似乎不曾存在。山根要求他們先將小銃裝填好，但是切勿隨便擊發，除非番仔貼靠太近，否則不可以輕易浪費彈藥。

然後，他們都看到那個臉上有疤的番仔，站在躍跳娑移的火焰之後，除了眉頭仍皺著之外，所有表情都被凌亂的大火燒得精光了。番仔站定在那裡，也許只有一小段時間，但他們全都聽到他的聲音穿越火以及被火破壞殆盡的萬事，緩慢清楚、有如刀刃一般，恨恨的說：

「日本人。」

一陣烈焰湧起，遮掩了有疤的番仔，但他們都清楚記得他曾經的注視。

無風的叢林裡，火勢拓得極慢，連熾焰的擺晃都彷彿暫止不動。他們也不動，看著眼前的一切遲緩的壞毀崩垮，眾聲終於趨靜。一名古兵獲得山根許可，領著另兩名士兵到焚燒的高腳屋後，搜查確認番人有無留下任何物件。

彼處猶未沾火，但光線已然掩去所有暗影，於是他們看清那些椰樹與椰樹之間的空隙曾經也佇立著樹，然如今僅剩下一些垂將腐壞的樹頭。軍伕們曾聽說每當女番人懷孕時，他們會於屋舍周圍種下一棵椰樹，孩子出世後，那棵樹便隨著小孩成長，倘那人死亡，椰樹旋即被人砍倒除去。在那裡，他們發現一棵樹幹缺口的椰子樹，斷面糙糙且積有木屑，燒熱的空氣流轉過將那些茫白撒開，白屑甫落下就沾出滿地起伏。一名軍伕察覺腳邊有特別厚實的木頭渣，於是彎身撫向彼處，探到一段短而綿軟的小手指，指節斷處有片凝固的血塊，置於光下是深淺的黑色，分別是皮膚和燒灼後的皮膚，摸起來黏黏糊糊。他們全都湊近過去，俯首看過那段手指，然後默默抬頭瞥向身邊周圍。

缺口的椰樹染上了大火，於是他們撤離回到火堆邊，雖然火堆早已沒有半毫火光，只剩木材焦黑的廢屑。許政信站在那裡，耳聞椰子樹裂出轟然的聲響，樹倒下了，壓垮更多僅存桁架的屋舍，密實深重的濃煙自巨樹傾落處上游，最終竄逃出他們的眼界。許政信仰頭望，方才知覺上面是一片叢林中難得的、開放的天空，也許裝有星光雲海月升日落，唯他揚首彼時，只能目睹滿天煙塵。

八月十日

21.

吃過早飯，阿才伯準備出門。他從厝間正身的淺屋簷底牽出自轉車，揚首張望有日頭的天頂許久，然後才稍拉整頭上的草笠，試了試自轉車的擋仔有無問題。自轉車是跟添富仔借的，車架烏亮，牛皮椅光滑，唯獨橡膠胎壞損卻無材料可替換，只能改以粗繩替代。自阿月返家以後，每月一次，阿才伯都會去市街探看女兒的租屋是否安好；猜想女兒難免會勸阻，所以他未曾和阿月提及此事，只是擇一日推卻日常事務，早起入街市再折回，不知是給誰圖個安心。而前日米軍空襲，庄內雖無事，但難料街市的狀況，非得走一遭才行。跨騎上車，阿才伯略擺晃了一陣，才讓自轉車逕向前行，繩索車輪表面不平，刮過擋泥板，喀啦喀啦發出艱難轉動的聲響。他吞了口氣，腳底更加用力蹬，讓繩索胎溜順了，自轉車才逐漸跑快加速。

循著小道，傍著圳溝水前行，阿才伯謹慎的調控車頭，免得輪子跑偏失控，人摔傷事小，弄壞了昂貴的自轉車可難交代。他稍低頭注視路面，見一排矮防風林生長於田間，攔住那以後的景物，更前面是一叢胖影子，那裡有棵老榕樹，遮天的枝葉密札札，自開庄時便挺立在那裡，樹蔭下狹窄低矮的祠內供著土地公神位。小祠雖與祖傳的田地相去略遠，每逢初一十五、節日慶典，阿才伯仍會敬備果菜，前來奉祀。經過祠宇，阿才伯沒有停車也沒窺望，他知道自己不可能看見神祇——為閃避阿本仔，也避免燈火管制時透露光線，祠內沒有有香燭、煙火，但阿才伯知道神明還安坐在那裡。樹影隨風輕盪，好像土地公正在答允或慰問什麼，然他沒有靜下來領略神意，只是繼續往前。

出了田徑，阿才伯騎上寬大數倍的道路；路面平整，踩踏輕巧許多。時候還早，路上行人稀少，只有幾名戴草笠、攜鐮刀的割稻師傅，正朝著新興的小路走去，許或是正要前往那裡的人家幫忙收割這期的稻穀。大路旁是庄內唯一的柑仔店，室內冷清，無人買賣消費——受物資管制影響，許多物品都得持購買帳跟指定的店家或保正購買；即便有商品可賣，也都是次級品或代用品，庄人多半不願意買，柑仔店的生意遂愈見荒涼。路上，阿才伯平視眼前，同時張耳細聽萬事是否與往昔有差異；空襲才剛過不久，他未曾聽說有任何傷亡，但是在這個時代，傷亡已屬平常，不甚引人關注，唯有自己見聞知悉方能算數。

他騎經滿田野鬧騰的稻仔、一口水陂、幾間矮厝，隨後過一座橋，橋底淌著溪床闊但流水淺的茄苳溪；四界齊平，沒有一點銃孔或彈坑，風撒向田地時沒有絲毫攔阻或陷落。繼續前行，阿才伯踩踏過埔仔的國民學校，大門通校庭，到處都竄長著學生種植的苧麻、番薯和敏豆，農作旺健環繞，有些甚至生長在道路兩側，但不見任何學童。國校對面的公共汽車站牌下，有幾名戴防空頭巾的婦人牽著小孩在等車，阿才伯稍稍瞥了幾眼，由那幾張異常白皙、線條柔軟的臉孔，猜測他們都是阿本仔，大概不久前才由市街疏開到埔仔一帶，此番大概要回返市街領配給，或者與留守家屋的丈夫會面。不遠，一口大陂倒映著日光，他聽著、看著周遭，而萬事似乎仍然正常，流過、經過、度過的一切都還是好的。

路還很遠，但阿才伯已經習慣。早前他亦曾肩挑扁擔，徒步將自家園裡栽種的菜蔬送往市街販售，唯如今正逢戰事，而戰事總是不給人太多時間。他蹬踏板，車跑快，輪圈裹著的粗繩索幾乎要綳綻斷，然阿才伯不理會，繼續繼續前行。道路兩側的稻田逐漸安靜，四周已沒有稻穗晃蕩的聲音，愈近街市稻穀愈早收割，田裡大多僅剩枯黃的稻頭，而稻草大概都已轉賣給編草繩的商家，是收集作肥料，或者是當作空襲時用以燃放煙霧的材料了。

矮厝仔漸多，行人亦然，路旁的大多是農家，各自下田整理園裡的番薯，或是巡看照顧下一期的秧苗。阿才伯車又行經一座小橋，過橋後是街市外圍的墓地，一塊一塊花而亂的墓碑插立於地上，即便在日曬下也顯得森寒。那裡新墳多，墓龜上的矮草仍軟，流經的風油油出聲，阿才伯別過自己的一雙老眼，不去眺望那些太新亮的墓塚或名字，逕直入街。進到街市，屋舍高了，到處可見紅磚砌的樓房，電火柱參差在路旁，電線張扯於半空，天空被城市蓋得看不清楚。他貼齊道路左側騎行，雙耳小心蒐集細碎的聲音，以免聽漏了午報機❶發出的水螺響，米軍的飛行機來時還傻傻的在路上走。日頭幾乎當空了，陰影罩得亭仔腳裡一片烏暗；更暗的是那些店家，店面門窗上全都貼滿黑紙，門戶開關已無甚差異。阿才伯經過時，略略窺望，泰半只能瞥見店老闆或店員空著眼神覽看路過的人，只有瞌睡鼾鼾叫吹起櫃檯久積的灰塵時，室內才會短暫閃明片刻。

無代誌。他想著。

再驅前，大廟重重層疊的廟簷探出成排聳立的樓房，彎翹的燕尾脊指叉朝上，天空更加窄仄了。繞經廟後，騎過近兩層樓高的戲台，阿才伯踩踏進市街最熱鬧的廟前，還沒疏開出城的人，大概都在這裡了。廟埕邊棲坐著幾個頭紮布巾的貨運行苦力，正埋頭吞吃著手裡扁塌的炊粿，背後是戴著防空頭巾、手掛著提籃兜售炊粿的少女，更後邊是廟埕上幾棵瘦削的苦苓，枝葉散潑下一些樹影。樹蔭下，攤販倚著噴煙的擔仔，大鼎或桶內滾出豆籤羹和麵茶燒燙的氣味，只嗅聞就夠逼人肚腹轆轆的響半天。但廟埕上真正賺錢的，是那些蹲坐地上談買賣的農人，他們面前的畚箕裡擠著市街外採摘收集來的山茼蒿、烏甜仔菜或刺查某的嫩莖，剛好夠讓那些配給不足的都市人擋一陣，暫免飢饉。買賣的群眾間雜著兩個穿漢衫、戴扁帽的人，他們並排而行，手貼褲縫，走路還會對腳步，一望便知是變裝進市集調查國民輿論的憲兵；聽說，不久前才有一個中壢人因為散佈日本艦隊被中國軍擊沉的消息，被憲兵抓捕拘留了二十九日。

越過那一切，阿才伯望進廟埕底處，廟門空空的開著，更深遠的正殿裡也沒有半絲香煙漫出。大廟內主祀開漳聖王，信眾廣及街市周邊十五庄，聽說清朝時桃園大旱，全賴聖王公顯靈，降下雨水解難，此後各方善信對聖王公之崇仰愈加虔敬。也幸得神威赫赫，幾年前阿本仔進行寺廟整理，諸多宮廟俱遭牽連，唯大廟信眾太廣，讓阿本仔有所忌憚，方能保住神尊安坐宮中，不致流離。而今阿才伯覷覰良久，看不出是否猶有神靈。市集嘈鬧，但仍可聽聞日本軍隊在幾條街外的武德殿集結和呼喝的聲音，似乎沒有什麼可以攔下那些。

阿才伯彎向左，自轉車的繩輪嘎吱響，他見到轉角處的肉脯店歇著，對面的商店門半掩，隔鄰的藥行烏暗，再過去就是那間神像行。他瞇著眼，詳詳細細覽過店鋪門面的紅磚和白色的繁複洋雕刻，亭仔腳空蕩蕩，沒有半個人，也沒有即將被刻作神尊的木頭。阿才伯吁了口氣，滿嘴嘖嘖，直至眼睛餘光又瞥經道旁那間小店，想起女兒每次回家，都會拎著從那家店買來的雞卵糕，這才靜下，低頭默默騎車往公館頭前去。愈騎愈近流水聲，阿才伯放眼看，東門溪穩當當的流淌，裡面的波盪於每年中元普渡時盛著盞盞水燈，自更下游的水燈堀出發，朝海岸方向招引更多無主孤魂野鬼到大廟享用供品。已經七月矣。他沉沉的想。

再度左彎朝向桃園座，阿才伯踩沒幾步便停下，翻跨下來立好車，摘去草笠抹汗。眼前

---

❶ 一九三一年設立，主要提供正午報時功能，特殊狀況時也能發佈警報。

二層的樓房，樓上便是阿月和女婿的租處，二樓窗戶窄，磚瓦簡便，看起來不甚寬敞。他搖搖頭，心裡始終不是很懂女兒到底看上那個跛腳女婿什麼，竟然甘願為他放棄考高女的機會。這個德仔出師無幾年，賺來的錢抑毋知養得起囡仔無。阿才伯擦完汗，將草笠放在車子座椅上，牽著自轉車進亭仔腳。一樓的木門關著，上面沒安鎖頭，只用一條繩子捆綁。阿才伯注視著那扇門半晌，才又遲慢慢的把自轉車牽回路上，抬頭檢視整棟樓房有無缺磚掉瓦。確認過後，他才把草笠戴好，攀上車騎走。厝猶在咧就好，有會當轉去的所在就好矣。

逆溯溪水聲，阿才伯騎往街市南面。他踩踏緩，慢悠悠的右轉入武廟旁的道路。阿才伯不常經過這帶，但還大略清楚當地的店鋪營生，知道過去街路上總兜轉著油車粿和麥芽糖的香氣，如今大抵只有冷清的氣味了。經過少有行人的亭仔腳，臨近桃園信用組合，他聽見牛隻哞叫的聲音，接著是一串蹄甲踢踏響。阿才伯煞停住自轉車，從草笠下看到一輛牛車走過，車尾還跟隨著另外一輛。草笠遮住視線，他僅能望見牛身和溜溜轉的大車輪。阿才伯稍微推高草笠，把兩輛牛車看清，車上載著幾口用薄木板釘成的棺材，兩三具棺材堆疊成落。街市的牛車早些年多用作搬運普渡祭神時宰殺的豬公，如今上面的是死者，無人送葬，大概正要送往中路的火葬場。牛車走得極慢，牽牛的車伕揮藤條催，要牛快走，以免稍後水螺又響，要跑也跑不掉了。阿才伯在路口處等待牛車踱步經過自己，同時試著數數車上的棺材。他點過半車之後，就決定不再繼續計算。

牛車終於走開，阿才伯徐徐騎行，鑽過公設浴場和以前的舊市場，直到望見路底的矮樹青草成群的伏在盡頭；靠近後便輕輕拉動擋仔，把自轉車停在那裡。女兒曾經告訴他，這裡是桃園第一座公園，滿地花木，小徑歧岔，到處都有舒愜的座椅，中心處有片假山水，短拱橋彎跨淺池塘，亂雲絮和青空總是沉在裡面。戰爭開始以前，市街的阿本仔和有錢的台灣人經常在公園裡遊逛散步，現在人都不知去哪了。阿才伯沒進去，而是牽著自轉車，依著公園外緣走，行抵邊角的一間廟宇，廟門封得嚴實，看不見朱紅廟牆之內，但他知道那裡有什麼。宮廟原先奉祀文昌帝君，是清朝舉人出資興建讓地方子弟讀書的地方，阿本仔初來時，也曾經將之暫徵調為公學校校舍使用，後來廟旁也闢建有西洋式的文庫；戰爭開始以後，日本政府下令民間禁止供奉中國神，所有神像均得繳交管理，各地宮壇的神明都落難集中到此，改由阿本仔託付的管理人代為上香供奉。

阿才伯立起自轉車，走到紅色廟門前，時近中午，四下少人。他再次瞥了瞥周圍，然後面朝廟門、合上眼、挺直身，接著合起雙掌，把自己的臉孔和祈告的手勢藏到草笠的影子下。阿才伯向眾神祈求的願望極長極長，虔定的默禱在他心裡嗡嗡響、晃晃蕩，以至於認為自己聽到木魚正篤篤敲擊，然而他不會知道耳中的那些空響聲，其實是方才那幾台牛車在街道上蹬蹄前進，而隊伍似乎是隨著路程愈走愈長了。

22.

盡頭處是真正堅硬的山，足以將他們攔阻許久。

即使徒勞，黃承德仍然盡可能用手中的尖喙掘仔鑿挖岩壁；掘仔還沒鈍，但他感覺自己周身關節已全部鏽壞，不停的嘎嘎鬧響。於黃承德旁側，張仔持續的揮高掘仔，奮力敲下岩石。早先的沙塵猶未掉盡，這輪的土塊又覆蓋上，大落大落的廢土堆積疊在他的腳邊。沙土細石繼續嘩嘩墜出聲，黃承德以眼尾朝後面瞥去，隔著電土燈的熒熒火，他滿目光燦，卻窺不見金水和阿勇，大概匿到暗處去了。黃承德猶豫的探視背後陰暗的坑道，考慮是不是應該開口提醒，但他不知道該提醒誰、提醒什麼，只能回轉頭，繼續開挖眼前一切堅硬的東西。

張仔專注從事，掘過岩壁，暫時放落掘仔，轉頭走到畚箕邊，拾起沙挑，將地面成堆成堆的廢土掏起清理。沙挑伸探進土堆，發出金屬擦撞礫石的清亮聲音。黃承德又揮了一次掘仔，同時聆聽身後的坑道，終於耳聞金水和阿勇的細碎腳步踏踏響近，然後停住。土屑陣陣落下，黃承德放下掘仔暫歇，沙石從張仔手中的沙挑挲挲滑落，許久之後才落盡聲音。

「慢慢仔來就好矣，趕緊無效啦。」金水的聲音說。

張仔重又把沙挑插入廢土堆中。

「嗯啊，你叫是遐的客人仔猴會佮咱鬥陣做工課？莫數想矣，無可能啦。」阿勇講。

黃承德將手裡的尖喙掘仔依靠著岩壁擺好，接著轉身朝後，腳跟刮過地上的土石，沙塵飛蒙眼目。茫茫煙霧下，黃承德目及金水和阿勇的表情，躁煩、鄙夷和嗤笑隱現其間。他沒有多確認，低下頭，撿起腳邊的沙挑。張仔始終注視著鏟面上的土石，他兩手穩當，那些碎碴不抖不動，沙挑平平横向畚箕上方，再斜斜傾下廢土。張仔的眼睛從未離開那些。

金水和阿勇定定的觀望了一陣，直到岩壁邊的廢土幾乎清整完成，兩人才踱近，各拿起一支尖喙掘仔，伸手撥去金屬尖上沾附的厚土石。他們動作鬆慢，用眼尾瞥視，看盡張仔的舉措。黃承德把目光放得更低了。

畚箕始終沒有滿，坑道仍然未能朝更深遠的地方推進，電土燈潑濺出的影子一直在原位。黃承德想，自己大概永遠沒辦法離開這片山了。

他們以外的聲音遙遙傳來，逐漸靠近，除了張仔以外，他們三人一起往坑口處望去。肩著扁擔和畚箕的三個客人仔踏進亮光裡，空蕩的畚箕晃甩兇猛，把電土燈噴吐出的火光也搖得花亂了。他們卸下工具後挺起身，瞥瞥放在地上的另幾個畚箕。遞出鏟，黃承德將沙挑探進廢土堆的姿勢更加猛力，像是要往下掏破地面。

「唉，猶未好喏。」榮祥說，嘴角擰出一個在光照下顯得古怪的笑容，回頭覷覷同伴。

另兩個客人仔半隱在榮祥的影子後，似乎正發出淡而輕的笑聲。金水和阿勇沒說話，而張仔眼前的畚箕已半滿，他正專注的將那填充好。

「腳手遮爾慢，會去拖累著彼个四腳仔的進度咧，恁毋是上驚這？」榮祥繼續說，他身後的某個客人仔應了一句客話，讓另一個人哈哈大笑。

張仔的沙挑挪得慢了，他探過頭，略略檢視畚箕。他的畚箕已幾乎裝滿，黃承德的那個則還沒。張仔隨手擱下鏟子，踱到畚箕邊，彎腰，拾撿起一桿微彎的扁擔。阿勇側側睨了睨張仔，金水半開的嘴邊滑出好大聲的嘖嘖，黃承德只能看著榮祥腳上那對表面乾淨無泥巴的足袋。

「恁按呢袂使啦。」榮祥說，背後的訕笑聲更響了。「恁早頓無食飽喔？果然猶是需要阮來掘才有法度啊。」

扁擔穿過畚箕上的繩索，發出粗粗的摩擦聲。張仔擺妥扁擔，轉身要去拿黃承德面前那個未滿的畚箕。黃承德試著阻止，打算自己將廢土挑出坑，但張仔不搭理，逕自把畚箕拖拉走。他的手勁大，硬留不住，只能由他去。張仔把扁擔搭入另一個畚箕，縮身矮肩挑起；兩頭重量不均，他探出手調整，輕輕扯著繩子。客人仔兀自談話，間有嘻笑，黃承德期望客人仔安靜、期望金水和阿勇說點什麼、期望張仔不要就這樣走開，但現下發生的皆非他所期望，音聲和景象都是。

站立起，張仔擔著兩畚箕的土石朝坑外走去。他腳步稍拖，避過地上的電土燈，讓出噴吐漸漸不穩的光。黃承德再次低下頭，俯身向前，撈過客人仔腳邊的空畚箕，繼續翻動眼前的土堆。角落裡，阿勇對金水使了使眼色，金水頷首，與叫作榮祥的客人仔對過眼，口微張，似乎打算說些什麼。燈光愈趨花亂，火苗粗細難穩，大概是電土快燒盡了。黃承德身上沒有電土，只能以手掌護著光，坑道內的影子於是更加拉長了，暗處零散於四處。扁擔被繩子扯出煩人的噪音，張仔踱過客人仔旁邊，挪了挪扶畚箕的手，兩頭歪斜，他停下，矮身，把兩個畚箕擱在地上，暫時抽出扁擔。張仔先看著手裡的扁擔，再直直凝視榮祥，接著他舉高手，輕輕巧巧、彷彿無甚力道的以扁擔劈向對方的腰側，咻咻的破空聲尾隨而至，他們後來才聽清楚。

在聲音之前，榮祥踉蹌後退，嘴口大開但喊無聲，手扶肩、腳步不穩，然後側倒向無光的地面，表情半埋進黑暗裡；他的腿腳掀翻一旁盛土的畚箕，竹篾仔蹦彈變形，振動出微弱音聲，沙土噴撒，展開唰嘩嘩的錯動。黃承德感覺到幾點碎石碰撞上自己的手背，但他的指掌間還裹著燈火，噴焰搖搖將滅，不知應當照往何處。

擗啦啦，扁擔斷出裂響，張仔望著壞去的扁擔，有些困擾似的察看過破口的粗細竹屑，最後隨手將那扔進坑道的漆闇處。兩個客人仔愣愣不動，金水和阿勇亦然。張仔兀自向榮祥靠近，既無防備也不忌憚，只是過去、蹲低。榮祥於彼處細弱的呼痛。

「倒予好，莫閣講話矣。」張仔淡淡的說，好像方才發生的事和自己無關。「等咧若是袂痛矣，趕緊起來做代誌。」

張仔站起來，轉身面朝其他人。黃承德終於看見他的表情，既疲倦又不耐。

「共遮的土角清清掉、彼爿嘛著繼續挖，工課進度慢傷濟矣，小趕緊咧。」他交代完，左腳稍退一步，踩踏上粗粗的土沙，動作頓了半晌，榮祥還在那裡哀哀哼叫。

兩個客人仔終於回神，走上前去扶起榮祥，走時不忘面朝張仔注意提防。黃承德聽到那裡響起纏繞難懂的客人仔話，話語歇，榮祥被兩人攙起，他的臉半露出陰影，面容似乎仍因疼痛而抽搐著。金屬交擊出聲，阿勇和金水不知何時來到張仔身邊，各自把手上的掘仔稍稍揚高。他們瞥過張仔，逐一望過三個客人仔，然後將掘仔鋒利的尖端指向他們。兩個客人仔的表情顯得有些羞怒，忌憚的看了阿勇握著的尖喙掘仔。他們將榮祥安置在坑道邊，讓他坐定，然他始終朝某個方向歪倒，於是乾脆讓榮祥側臥，然後走近金水和阿勇，各自從地上揀了一柄沙挑，開始收理那些遍地的廢土。

遠方，皮鞋的鞋跟淡淡在坑道裡敲出迴響。黃承德眼見手電筒飄忽近了，光照滾圓，好像坑口正朝著此處偎靠過來。那盞燈火浮游到他們眼前，太亮了，每個人都瞇眨著雙眼，只有榮祥的雙目痛苦的緊閉。光沾過那裡的所有人之後，隨即被捻熄，手電筒滅去，電土燈幽晃的火焰再度罩覆上來。站在他們之間，宮下伍長拿著一柄簇新的掘仔，和一具簡易的手持水準器，他矮小的影子被投射在坑底岩壁的中央處，雖不特出，但每個人都能清楚看見。他昂起頭，以下巴點向榮祥，問其他人：「發生什麼事了？」

「打翻了，」金水以不甚流暢的日本話說，將手裡的尖喙掘仔稍稍放低，「要運出坑的廢土翻了。」

「要更謹慎小心。」伍長看著榮祥說。所有人都回應是，客人仔沒張口，嘴口緊緊繃著。阿本仔不再說什麼，隨手把掘仔側倚著腿擺定，從腰側抽出一張圖紙研讀後收起，將水準器湊到眼睛邊，然後放下水準器，點了點頭，擎著手電筒把光照向岩壁中心處，道：「以這裡為中心繼續挖，如果進度趕上，應該再數日就能夠和另一頭的坑道工事相通了。」

話語罷，伍長放下手電筒，眼神朝向低頭鏟土的張仔，好像才剛發現他。阿本仔觀望了半晌，出聲喊張仔；他刻意喚得清晰，讓所有人都能聽見。接著他將手中那柄完好的尖喙掘仔交給張仔，掘仔極新極亮。

「繼續作業吧。」伍長溫溫的對張仔說，然後將左手兜到腰後，慢慢的朝坑口方向踱去。黃承德看見阿本仔在那片烏暗裡打開手電筒，光圈隱隱畫出坑道的大小長寬。

在這裡，客人仔繼續鏟挖廢土，不曾抬頭望向其他人。金水和阿勇站在一旁，後來張仔要阿勇繼續挖掘岩壁，金水也跟著做了。黃承德疑慮的望著將滅不滅的電土燈和一縮一漲的闃暗，張仔遞給他一塊電土替進燈內，火光終於才穩穩噴吐，周圍再次明亮，但黃承德覺得有許多事情需要重新認知。

那些撒開散亂的土石已全部清整妥當，盛在四個畚箕裡。兩個客人仔猶疑的站著，張仔要他們把廢土挑出去，順便向阿本仔拿急救袋入來，看看榮祥身上是不是有什麼傷。

「若是有外傷，提藥仔來佮伊抹抹咧。」張仔說。客人仔出坑了，金水和阿勇暫停下，抬頭望著遙遠的坑口。黃承德看見張仔將那柄嶄新的尖喙掘仔靠在岩壁邊，但不多時掘仔便倒落在地。張仔沒有再彎腰把它拾起，只是淡淡吁出一口氣，似乎對所有事都已感到厭倦，關於已經發生或是將要發生的事。

八月十一日

23.

午飯剛過，擔任食事當番的薛和小林已經把餐具和盛裝食物的木桶收走，少年們還小口小口芻著嘴中的米飯。陳米煮成的兵食味潮口感硬，他們吃得慢，還要分神諦聽運動場那頭的樹林流出什麼聲音。倘若風起後是喧噪的蟬鳴，少年們就得暫且合嘴，以免班長和軍曹誤認他們正在用台灣話竊竊交談。聽說，有五名台灣人警備兵趁昨夜輪值飛行場警衛時逃走了，軍官和下士官都認為這是有計畫的逃亡，因此嚴禁本島人私下以方言交談，唯恐他們集體密謀逃兵。其實少年們毋需交談也心裡有數，那些中年人早已暗中計畫逃亡。飛行場佔地廣，哪裡都有哨戒不到的地方，由八塊這帶出發，往東可以經大溪藏入次高山綿延的山脈裡，然後循著警備道[1]翻山遁逃到宜蘭郡。問題不在怎麼逃，而是為什麼揀定這個時候逃。

警備召集已久，飛行場先前也曾遭遇米機臨空或爆彈襲炸，反覆恐慌緊張盜汗也終會習

---

[1] 即角板山三星警備道，連通桃園至宜蘭，為今日北部橫貫公路之前身。

慣，而敵前逃亡足可就地處決。前幾日的空襲不可能逼使那些警備兵冒死逃亡，必然有別的原因驅策他們，只是少年們不清楚，大概也沒機會理清了。比較麻煩的是，軍曹和班長們要求所有學徒兵和警備兵繳出私人物品集中管理，避免他們取妥私物便逃。他們交納出的東西繁雜多樣，齊齊攤展在集合場上，當中有征露丸一類的萬用藥、用報紙小份小份包裹起的菜脯和甜食、以糯米製作的乾糧，或者一些隨身書籍，但這些仍不是全部，最多的是披掛在他們身上的各形各色護身符。護身符相異又相仿，各路神祇和符令花亂，其中有本島各宮廟求來的香火袋和平安符，也有台灣神宮守、無難守或身代不動替身符等日本式御守，紙紮布包紅絲繩，有些還是以木板篆刻成。為免繳交物品後無法取回，他們隨身佩帶著原本藏在行李中的護身符，使得胸前經常鼓突一片，臥倒時總無法完全俯下身，得讓班長和伍長往頭頂責打幾番才能趴妥。

軍曹和其他下士官也能理解，命運從來不真正掌握在自己手中，所以早先並不特別強制少年們交出身上的護符，但是軍人不能苟且，軍曹仍得對所有初年兵❶和警備兵訓話，斥責他們因陳舊俗，同時提醒他們，一旦上了戰場，就不能萬事盡付神靈，得要繼續加強自己的武德和戰技，成為優異的大日本帝國軍人。少年們都點頭答是，從此只留一個護身符掛胸前，其他的全改藏在兵褲的褲袋裡。

一粒半生熟的米卡在許政義的齒縫間，他伸手探指摳掏出，重新放回口內咀嚼、吞下，兩眼直直的看著遠方層疊的大山塊。此時憲兵一定正沿山循河四處追蹤那些警備兵，街市城鎮裡也可能藏有變裝的軍人，他們逃不了太遠，但終究是逃了。許政義不太確定自己應該如何瞭解這件事，心裡希望那些警備兵能夠順利逃走，同時又微微期待他們被抓捕回來、遭懲處毆打，因為這樣就能證明自己的想法沒錯——他們每個人都無處遁走閃躲，所有發生臨降的事本就合該默默承受。他還注視著遠方的山群，設想那些延伸的景物終究要折返，一切最後都只是徒勞。許政義瞥見游也眺望著自己目睹的萬事萬物，他的眼神細，視線好像走在那些山河與雲的銜接處，極力要找出在那之間的路途；他的褲袋脹，好像藏收著什麼，興許是一落信紙，寫有他親族或愛人的名姓吧。依然沒人能懂游，除操練或作業外，他總是獨往獨來。不過那其實已經沒有什麼關係了，因為少年們也未必真正懂得自己、懂得安泰的迎對各種瑣碎或龐大的事件。

那都無妨了。

午後的操課又重新開始了，原本短暫的午間休息，在警備兵逃亡後被取消。少年們挪動自己時，彷彿摩擦出一種輕微的嘆息；他們迅速整好隊，點呼妥當，分組繼續操作刺突爆雷。訓練經久，國校的運動場已被少年們蹭去數層沙土，大凡他們身體爬行過的地方，皆因

❶日文漢字，即入營未滿一年的新兵。

此微微下陷，汗水匯流進裡面成為溝渠，但是太陽的曝曬很快就能使其乾涸。負責指導的幾名班長，躲開陷落的運動場，僅沿著少年們的周圍繞轉看望，偶爾才上前，以隨身的短棍敲打他們拱起的肩背臀部。

在操練的隊伍間，許政義將自己壓得極低，每次由口鼻呼氣時，都能吹起地面朵朵的沙塵。和其他少年一樣，他已經徹底習得五式匍匐法的操作要領，能讓自己像影子那樣扁塌的貼地挪移，可以靜止在熱燙的沙上許久，直到班長下令突擊，才躍起奔跑。他們都仍未真正見過戰車，也還沒看過那些要由他們破壞搗毀的砲塔履帶。班長和軍曹經常出聲糾正他們舉起爆雷的姿勢，要他們抬高手臂、抬高手臂，將爆雷朝想像中的戰車敲撞。班長們的口令似乎總不一致，戰車於是在他們的言語間時大時小，於是少年們預設的死亡姿勢也忽大忽小，偶爾龐巨而可笑，有時卑微又無用。

只有在極為偶然的某些時刻，許政義會有意識的動念揣度自己將會遭遇的一切，在空蕪的、隨著少年們的活動磨損而愈見單調的運動場上，許政義這樣設想著那天——他們將在飛行場接獲聯絡，知道米軍上陸，自海岸至山區的主要道路都已經設置好反制敵戰車的防禦工事，工事由地面掏掘出的大坑和頂上敷設的細竹竿構成，那能夠暫時攔住米鬼，但擋不了太久，此地的駐紮部隊會趁隙前往周邊充作倉庫使用的民居，搬運大量的戰備糧食回返飛行場。囤積妥糧食，能夠調度派遣的學徒兵全部被指示往飛行場外圍的陣地協助防禦，少年們將在那裡覓得草草挖出的蛸壺，大小尚且可以容納他們日漸抽長的身軀，以及從不稍變的刺突爆雷。能夠躲藏的蛸壺很快就將被少年們佔滿，無處可躲的少年，權且藏向路旁墓地中的空墳，移開或空或實的金斗甕，那些少年騰出墓龜、翻鬆土、把自己埋藏進去，留下縫隙聆聽墳外和更遠之外。等到米鬼轟轟的戰車和精實的武裝聲逼近，少年們才會從蛸壺和墳墓裡蹦跳出，用所有還能記得的方式毀壞敵人，或者被敵人毀壞。

如同現在一樣，地極近，天很遠，少年們趴臥躺倚，把世界看望廣闊，沒有什麼能比未來更讓他們感到疑惑與惶惶了。稍稍以手肘支撐起上身，許政義感覺到自己的汗水將胸前的香火袋沾濕，袋中的香灰凝聚成塊，沾著他的呼吸起伏，像是一片新痂的傷口。香火袋是阿母求來的，他不甚清楚是取自哪裡的宮廟或神靈，但當風吹起流經他時，許政義彷彿能從懷中盤起的氣息裡聞到阿母的氣味，甚至是她持著神明應允交付的香火過爐三巡時口中喃喃的禱唸，那將他與許多遙遠的物事連接上，使自己不至於脆弱。軍曹還沒有下令突擊，萬事懸置，他試著以手輕輕拍散香灰，同時稍抬頭眺看前方，他望見其他少年和警備兵頭臉貼地，低肩、壓身，把自己縮得極小，只有游也仰首注視著某個所在。

許政義無法確認游正凝望何地，但他知道那裡距此遙遙，而事實是，什麼都離這遠遠。在眼睛最邊緣的，大抵都是些遙遠的東西，包括他們自己。

24.

所有的事物當著他們的面牽結連縱成整片，而叢林還可以比他們所知的更深、更黑。他們走得遠又久，幾乎用盡氣力，終於沒有人記得要開口詢問前進的方向了。早先削製的火把就要全部燃盡，然而再也無人嘗試點火，因為他們的身體和軍服都真正潮透了，捂進懷裡的番仔火怎樣也無法乾燥；走踏鎮日以後，當他們再把那從衣襟裡掏出放掌心，每支番仔火都在他們的指間朽爛了。燃燒的火把幾乎都集中在隊伍前端以照明去路，當那裡有光滅熄，猶能點起的火把便由末端傳去遞補，隊伍後半部於是漸漸暗下消失、少有聲息。最初他們還試著朝那裡招呼，依序把指令一人順著一人發佈過去，以提點指引，但森林太暗太暗了，有時他們會在轉彎時誤把命令交代給路旁的巨樹或整片苔蘚；戰友全跟丟了，魔魘的叢林則緊跟上來。光源漸少但仍須行路，聯合軍的砲擊不時在隊伍左右前後炸響，偶爾他們跨過成排側倒的巨木，低頭看見根部粗大斷裂的木纖維上有焦黑的痕跡，由此斷定自己迷途折返走回頭了，連忙轉身，行遠，復又撞見同一群倒木。許久之後他們才明瞭，不論朝哪逃，他們都在同一片叢林裡，而整片森林都在砲火底下。

依著隊伍前段的火光，山根軍醫猶在低頭判讀故障的指北針，因為他真的要徹底遺忘南北東西了。不凝視指北針上的註記便無法講述方向。好在山根還記得指針兩側分別是東邊和西邊，否則無人可以知道他們正朝想像中的哪個方向走去。

但是知道再多，叢林仍然是叢林，樹木枯葉以及整日暴雨都可能是騙人的謊言。他們的雙眼在闃暗的林蔭底下看什麼都髒亂亂，即使東西貼目珠了也難看明白，擺在眼前的小徑延展不過一間❶，所有彎繞丘壑都要流入腳底後才能被查覺。他們心煩又眩暈，嘴角破出瘡，舌頭腫脹講不清話，彼此善意提醒都像是存心招惹對方，躁怒和怨懟擰出他們僅剩的氣力，多個人規勸就多個人爭執，總要吵到前方戰友就要走遠、沒聲音了，幾個人才靜下來相互伸手搭肩，磕磕碰碰的默默跟上隊伍。他們走得比前幾日更慢了，腳步拖宕，反應比墜向地面的落葉更鈍，叢林裡的走獸禽鳥大膽的繞過他們的足脛，當他們感覺獸毛鬃鬃流經腿側而舉銃去瞄時，畜牲卻早已逸出他們的視聽之外。捕獵不成，隨身的糧食業已耗竭，前幾日燻製的蜥蜴肉也吞吃殆盡，有幾人甚至取銃劍小心刮下蜥蜴皮下的肉屑，連乾硬髒黑的皮也放入嘴裡鎮日咀嚼，充作食物。

隊伍偶爾躁動，更多時候是全然靜默；也可能猶有音聲，只是難以耳聞。許政信晃晃的走著，勉力望看前方那些遙遠的殘餘光焰。他稍側首，想聽清楚戰友行踏的碎腳步，而背上的萬福仔又開始哮喘了，從嚨喉和鼻孔吹出呼嚕嚕的水聲，晃亂了許政信的聽覺。萬福仔的狀況原來可以比先前更糟，他不時的咳嗽，吸氣吐氣都艱難；手腳抽搐時，足夠讓許政信的肩背隨著陣陣痠麻；餵給他的食物全都變成長串的嘔吐。但是現在真的沒有任何食物了。許政信心想。山根急急想要尋路脫出叢林，遠離聯合軍的火力炸射範圍，隊伍已許久沒有歇息停駐，而戰友們也都懂得，如今只要他們停止不動，就再也無法動彈了。許政信身上只剩下粗煉的海鹽，他不時將那混摻入水中，交給萬福仔啜飲，至少撐持著他，但是換來的時間也只能轉手得到更多拖磨。山根再不揀定方向，他們十幾個人都得困死在此地。

許政信直覺他們正緩慢下坡，腳底的土地傾斜，野草與樹歪歪挺著，偶爾涉過的山澗也都朝底邊竄流。他隱約記得，跨越塞皮克河以後大抵遍地崎嶇，韋瓦克以南是大疊大疊的山脈，那裡有整座島的最高處；沿海的低地幾乎都已被米濠聯軍控制，要逃只能朝山上轉進。濕土讓腳步溜滑難行，許政信的心情也是，他肩背上的整串彈丸還在吭噹噹響鬧，但他心裡知道裡面的所有火藥都已受潮而無法擊發，連彈丸尖端都泌出一層苔似的鏽蝕，倘若此時和聯合軍遭遇，他們就只能殞命此間了。聽說米濠鬼仔殺人不眨眼，爆彈彈丸撒不盡，所有能夠講出的殘酷和暴虐都可以套用在他們身上，還有更多想都無法想到的詞句和形容能夠擺進去。被他們逮到，不如取手榴彈砸頭盔引爆玉碎，至少不會留一條難看的爛屍身——他們原

❶間，日本傳統度量單位，一間約合一點八一八公尺左右。

本怕死，但現在不怕了，只憂心死得太痛苦；他們盡可能瞠張半瞎的眼目望看，湊聚在戰友身邊，如果看見異狀，就互相提醒，隨時準備舉銃終結這段出亡無路的日子。

是走在山根前面的士兵最先出聲，伸手指向叢林裡的數個所在。其他人一時看不清，陸續將僅有的火把揚舉高，以瘦光線沾向視野未到的地方，於是四界散散的亮起了。他們位在一處陡下的坡地旁，更底邊大概是山坳的乾溪谷，頂上的森林墜壓得極低，凌亂的碎光就來自那裡。初看，許政信發現那些枝葉被拗折出奇怪的形狀，尖銳圓弧部分彎翹，沒有一株像是樹，從彼位流過來的細聲音也異常鋒利緊繃，間雜有山根手裡的指北針快速轉旋的喀喀響。

光暗微，他們還看不清楚，所有人又各自朝前邁出靠近。他們望得認真，晃動的火把碎碎飄下紅色灰燼，想不到的是，悶悶的焰灰沾點地面以後，轉瞬猛跳起大火，把森林燒得亮油油。烈火來得急，一名士兵腳上的鞋險被燒爛，他和左右的戰友驚叫，掀出濕透的軍毯和軍服打火；原本的火拍散了，火星又蹦往別處，事情愈發難以收拾。他們心急，幾個人正猶豫要不要撲身滅火，而山根軍醫喝令他們安靜，一點也沒有搭理淡開的火，其他戰友亦如是。大火徹底照亮了四周，疏散的光拓展廣大，讓他們終於看清上面那片低垂朝下的林葉枝梢間掛著的，原來全是墜毀的飛行機。風較大的時候，那些飛行機款款晃，似乎還能在他們頭頂翱翔滑動。

在戰地待得夠久，許政信可以辨識出在南洋天空中出現的所有戰鬥機和偵察機，但是沒辦法一眼認得靜止報廢在叢林裡的；藉著矮矮的光，他由拗折斷裂的樹枝林葉間，約略看出雙胴的P38、零式的伸縮式降著裝置、格魯曼的拋棄式油箱、設置有機砲塔的一式陸攻，以及龐巨的二式大艇，而其中最容易望見的是掉得到處都是的日之丸塗裝，在爆散鏽蝕的機身和機翼上爍爍焰著。地面延燒的火觸到森林厚重潮濕的根系以後，很快便熄滅花散，日之丸消融進黑暗中不見了，僅有油料燃燒完畢之後的刺鼻氣味還殘餘在那裡。

油料焚燒的臭味，讓所有恍惚的士兵和軍伕稍微清醒了。一名士兵回想起在馬當駐在地的酒保❶，曾有一名陌生戰友不屑的提過，英米軍的飛行機操作員怕死，出任務時總隨身帶著保命的物資，完全不若皇軍戰士勇猛。他把這件事講出口，經眾戰友傳遞至山根處，山根聽畢，轉身面朝隊伍，接著指示持火把的戰友分散站開，避免火星燃點可能存在的殘油，同時令光線流佈向樹頂的每架飛行機，其他人則盡可能進到飛行機座艙內尋找可用的物品，無論是敵機或我方的飛行機都別漏失，諸如羅盤、時計，或者幾乎不可能存在的求生物資，能夠翻找撿取的就不要錯過，說不定可以藉此保命脫出。

隊伍間稍起波動，許政信瞥見隊伍外圍的三名士兵悄悄往後退，並聽聞他們細聲討論要

❶日本舊時兵營內的小商店。

趁亂脫隊。少了傷病患的拖累，一定可以加快腳程，否則依循山根的瘋話，他們早晚得在叢林深處發臭爛去。商議定，他們半屈膝藏進暗處，不多時，三人又一臉迷茫的回到原地，如斯數次，他們都沒能離開隊伍周圍。森林迷魅，尾隨隊伍太久，他們似乎已漸漸遺忘自己由何處而來、能往哪裡離開，記憶拚不過時間的磨折，寥寥數人根本無法湊出印象逃脫。他們三個人抬頭覽過攀爬匍匐入飛行機殘骸的其他戰友，大大嘆了口氣，也隨著進到飛行機內搜索。

許政信踱到山根少尉身旁，將背上的萬福仔擱在鄰近的一棵樹下。才剛安置妥當，萬福仔又開始呼嚕嚕的喘氣。山根瞥了他一眼，接著轉頭繼續注視正在搜索飛行機的士兵和軍伕們。那裡猶仍充滿火光未至的暗處，身體虛弱的戰友們慢慢消解進那些陰影裡。許政信卸下自己身上的雜囊、二百發鏗鏘的彈丸，以及三枚手榴彈，然後稍微忖度，又將那些全都扛揹起，拖著腳步踱向眼前那架飛行機。飛行機側身削過數棵大樹，其中二株幾乎被攔腰斬斷，一株則碰斷左側發動機的螺旋槳，機腹貼地，兩翼拗折，機首到機尾的所有艙罩全部破裂——他知道那是百式重爆擊機，能夠載運大量爆彈，這是許政信第一次就近觀察，卻已經是整團爛鐵塊了。許政信伸手，開始爬上那棵僅存的樹，他攀得謹慎，每次蹬踏朝上之前，都向下跺踩幾步，確認那些經過碰撞的枝椏猶仍堅強。他手腳交替登上，心裡又再想起故鄉那棵玉蘭花樹以及其他，回憶起那些自己有處可躲、人們還能夠找到他的時候。

爬到半棵樹高的位置時，許政信推開壞損的座艙罩，進入爆擊機內部。駕駛艙空著，似乎沒有死人，當然也不會有活人。火把的光線無法抵達此地，許政信沒辦法用眼睛辨識駕駛艙，遂改以手掌摸探，但無所獲。他雙掌拍遍自己全身，也找不到能夠發亮取光的東西，只能解下身上成串的彈丸，喀哩喀哩扭絞以聚攏艙外游離的散光，再將其拋至艙內的儀表板上。

駕駛艙裡稍稍有點亮光了。許政信瞇眼檢視，艙內的儀表壞損變形，部分鑲嵌其中的儀器與開關鬆脫掉出，旋鈕與裝置都靜止著。他移步朝機首，低頭看見儀表中央處那件圓形的表盤，表盤歪斜，只靠僅剩的一支螺絲拴著。許政信將其取下，座艙上部巧合的還有一點光，他認出手裡的是羅盤，指針仍在，尖端定定向著盤面的某個刻度。許政信小心將羅盤收進雜囊裡，另一隻手繼續摸索四周，確認已沒有任何東西之後才轉身，扶著艙壁往機尾過去。當他進入烏黑的爆彈艙內，先以腳步慢慢探索，當足尖似乎踢碰到什麼東西時，便先停下腳步，低身去撿拾那件東西。闃暗裡，他探出掌心裡的東西呈筒狀，有著皮革般光滑的質地，最尾端繫著兩條細長的布巾——那是通信筒，供飛行機搭乘員抛落與地面聯繫使用。他將通信筒揭開，從中傾倒出一張信紙，紙面烏烏白白，在低微的光裡無法判讀，只能看見當中的某些字句似乎曾被濃重的水滴渲開。許政信想了想，決定把信留在那裡。

攀出飛行機，許政信幾乎忘記自己還在叢林裡，誤以為是在幽陰無邊的夜裡。他閉眼又睜開，看見幾名戰友舉著細瘦的火把，佇立在下方，已經有幾名勘查完飛行機的士兵和軍伕回到軍醫面前了。許政信爬下樹返回隊伍，其他戰友已將搜獲的物資擱置在地上；於顫搖的火光下，他覷到六面羅盤和時計、兩柄戰鬥刀與一把拳銃、十數枚生鏽的彈丸、幾個米軍的罐頭、一面破碎的飛行鏡。山根細細翻揀過那些東西，慢慢拋卻無用無必要的東西，包括刀與銃、飛行鏡和彈丸。接著，從小堆的罐頭裡挑出最乾淨亮潔的一個；此時，或站或坐、正在休息的戰友們，身體和眼神也都隨著稍稍趨前，飢餓似乎在所有人身上撒開一陣輕微的顫抖，於是他們的凝視更深了，彷彿已經可以嗅到鎖死的罐頭裡飄出濃厚的香氣。

罐頭被撬開了，山根將其湊到面前，窺望了許久，然後整個翻轉過來；他們看見軍醫手裡的罐頭什麼也沒倒出，沒倒出什麼。他連續打開數個罐頭，都只掉了滿地的空聲。

沒有什麼變化。許政信想著，同時瞥見身旁的戰友們慢慢退開，回復到原本的姿態停定著。山根軍醫離開整落無用的米軍罐頭，轉向那些從飛行機上拆卸下的裝置；他細細辨識，撥出其中兩件故障的時計，專注凝望剩下的四張羅盤。山根指示將火把降低一些，疏散的光更垂落了。許政信隱隱望到地面上那些羅盤，指針全部停妥在不同的位置，而每個還能張目的戰友，也都看見那些羅盤裡各自歧異的北方。火焰輕輕拍風，然後倏忽又滅去了幾蕊光。山根軍醫取出自己那只故障的指北針，比對地上的四面羅盤，五支指針各自朝著五個方向；他從那當中揀起一面，並在手中搖晃，於是指針開始啪啦啦的轉動不停，地面上的其他羅盤也是，全都不停了，不停了。所有火把和人聲揚起，退離那片沒有去向的地面，而山根則收起他的指北針，不再多做什麼，只低且小聲的說：接下來呢？

接下來⋯⋯許政信展目四顧，即便所能望見的終究只是無邊的叢林。他仰起頭，看火光高高懸浮在其他業已噤語的戰友手中，墜毀的飛行機則在更上方的所在。靜默由各處洶湧逼近，只有更遠更遠的地方傳來陌生的哀嚎與叫喚，當中似乎充斥著絕望，不知來自什麼樣的生物。

八月十二日

25.

稍稍仰首時，阿才伯可以隔著草笠邊沿，望見利利的稻仔和粒粒的粟仔在自己眼前款款搖曳著，早晨的天在那之後窄窄的，清清遠遠。他不時分神去注意天頂，然手腳也沒停歇，左手掠著稻頭，右手持鐮刀削倒稻桿，再以雙臂將整把稻穀後送至地上，雙腳還順勢持續履踏往前。阿才伯極習慣這些，他種作了幾十年，田裡的一切都熟悉，唯老年的身體儉出愈來愈多陌生的毛病和疼痛。欠身久，一陣痠麻突然沾上背；他放下鐮刀，以另一隻手搓揉搓揉脖頸，然後挺身歇息，耳目暫時抽離田裡那密密的稻穗。田地裡，風吹來，稻穗挲挲的響鬧嘈亂亂的潑開，阿才伯茫然聽著，好像那些都與自己徹底無涉。他就那樣停著，直到大疊大疊陌生的聲音漸漸漲高，碰撞近了才回魂。

田間還有一組前來幫忙割稻的女子挺身隊，十來個穿寬鬆工作褲及短上衣、頸後繫防空頭巾的女孩，彼此以日本話交談，整片農地都被她們的閒語聲擠得窄仄，更遠處的田岸上則有一名穿國民服的男人佇立，好像是女孩們的老師。聽說，這支挺身隊是由桃園家政女學校的師生組成，女學校雖然已經改稱農業實踐女學校，但是非望族富家品性端莊者，仍難以入學就讀。這些女孩泰半鮮少下田，今天可能不是第一次，但也還不是最熟練的一次；她們鐮刀握得鬆，左手的稻仔抓不對位，經常差點削到自己的手指。三個女孩在靠近小路的打穀機旁忙亂，由兩人踩踏轉動滾輪，另一人負責將田底的稻仔取至打穀機邊，放滾輪上攪打脫粒，青白黃的稻穀簌簌落進後方的木桶內，於彼處揚起一片清亮的微響。往常，割稻脫粒都是由庄內居民彼此換工互助，而今，各戶男丁接連受召出征或領命奉公，收穫時節缺工，一人當兩人操勞都不夠解決田裡的事，女子挺身隊遂在這段時日輾轉於各庄，協助地方的稻作增產。

阿才伯對這些女學生無甚意見，唯老經驗看不慣她們做事欠精準，目睹時總難忍糾正的衝動，後來就索性不去看了，至少心頭較清靜。但思慮靜了，耳朵還是不得靜，大部分女學生仍習慣邊做事邊聊天。不過也有例外，就是在田岸轉角處工作的女孩——那名女學生看起來既乾又瘦，總是安靜的工作，只有在其他人出聲要她幫忙傳遞割落的稻仔時，才開口應是，否則就逕自低頭往田地的更深遠處走。她工作認真，頭髮隨勞動披落時，也只是無意識的將其撩整到耳後。從阿才伯這邊看去，只能夠睨到女孩的細手臂伸往前方的稻仔，細嫩的頸項上浮著平整的黑頭髮，防空頭巾被覆在底下，所有顏色則清楚的呈現在她身上。都市的小姐佮咱庄腳的囡仔真正是無仝款。阿才伯想。無的確伊的年歲佮義仔相仝咧。

女學生還是像整群厝鳥仔般喳喳唧唧，阿才伯聽著稻田上那些依然有些陌生的話語混雜在短風間，兩手慢慢撥動眼前那片待割的稻仔。良久，阿才伯耳聞陣陣木屐碰地的亮響，喀喀喀的自身後小路逆風趨近。他小小嘆了口氣，舒展舒展指掌，彎下腰又抄起一把稻仔割落。他削得極慢極慢，直到那群刺耳的聲音來到背後，他才起來，轉身，將甫切落的稻仔擱放在地上，然後抬頭朝小路覷。小路上，木屐踩出的聲音仍在踹，最前面的是保正楊仔，他穿著一件土色漢衫，衣服舊卻亮滑直挺，然衫內包裹的人痀僂，身軀胖但臉皮鬆垮，頭髮灰白雜出慘澹色調，手腳顫個不停。楊仔早先阿片吃得兇、癮頭重，而今沒阿片吃了，身體開始出現症狀，明明年歲與阿才伯相當，看上去卻比他老一輪。楊仔身邊還跟著一個警防團防護班的少年，著國民服帶著一柄短棍；少年朗聲問候阿才伯，阿才伯對他應好。

楊仔望著眼前正被一點一點收割的稻田，半晌之後，問：「這期的收成按怎？」

「普普啦。」阿才伯猶疑片刻後回道，一邊瞥視楊仔的眼神。楊仔不應聲，仍張看著田地。挺身隊的女學生持續勞動著，打穀機裡摔出乾燥的稻穀挲擦聲。

「佳哉有遮的查某囡仔鬥腳手，若無咱庄仔內的稻仔就真正收袂了矣。」楊仔語氣散散，兀自講說。「現在頂面催甲真雄咧，若是傷晚交粟仔，恐驚會真歹交代。呣唉，這款時機，啥物攏著愛按照國家的意思囉。」

阿才伯的嘴角微微抽動，大概有些話已經撞到齒縫間，被他勉強按捺下。眾人皆知，楊仔藉由經手配給的機會，將物資販售到闇市去，每次領獲的物資都不夠用，庄內鄰里雖心知肚明，卻也無可奈何。楊仔早已和劉仔暗通好，即便向經濟警察舉發也沒用；先前有人不信邪，到新庄仔的派出所通報，結果巡查來到庄內搜查，攪得庄內各戶不得安寧，楊仔還沿路跟在大人身邊幫忙。面對這些事，庄人即使不滿、惱怒、囁嚅，但就是一點辦法都沒有。

阿才伯沒有應聲。

「後一期真緊就又閣準備欲佈囉，你這爿的肥料敢攏準備好矣，時到庄役場是會叫人來檢查咧。」楊仔繼續說下去。

「是講這馬按呢啦，食袂飽，無人工，囉哩囉嗦的規定一大堆，是欲叫人按怎作穡，著無？唉，若是恁彼兩个後生閣佇咧厝內，你就較清閒矣，上無嘛加兩人落田，日本人實在……」

這時，打穀機暫時停下，挺身隊那兩個少女先把掌中已甩脫淨的稻桿疊置在地上，才繼續踩動機器打穀。

在楊仔講話時，警防團少年始終把臉朝向田邊的防風矮樹，那些樹四界都有，他似乎看得很認真。依然沒有人應聲。楊仔注視田地的一對眼睛，漸漸瞇起，匿進他的皺臉裡，細得像兩支尖利的針。稻穗的氣味飄浮起，並且持續遠離他們。阿才伯回頭望向自己的稻田，決定就這樣佇立，挺起腰、直起背，不問不答，也不假意虛對，堅硬得像是古早時用來標訂田界的大石頭或是一棵樹。往後什麼來到眼前他都要如此應付。

復入田，彎下腰，阿才伯只能從草笠下目及眼前的稻穗。他伸出鐮刀繼續割稻，耳邊又充滿飽實的唰唰響。然後，風轉向了，田地暫靜，但是帶來了其他的音聲和味道。風循圳溝下，阿才伯嗅到木頭焚燒後淡淡的煙氣，更裡面還有番薯久經水煮後軟而綿的甜味，那些好像都正在逐漸逐漸偎近。

風頭處，阿綿嬸雙手捧著一鍋才剛放涼不久的番薯湯，身後是提著一個大茶壺的阿靜，一對小手掌裡勉強吊著竹籃的明珠跟在更後面，整屋裡的碗公、茶杯都在竹籃裡撞得哐噹。她們走在小路上，陽光把三代人的影子都燒進田底；她們不能也不敢走快，唯恐不慎將手中的鍋碗弄破。如今灶腳裡的東西一旦壞損，就難以遞補，只能自己小心留意。然而，阿綿嬸最終還是顧不得手裡的湯水與鍋子，邁開腿，簌簌划動步伐，趕赴自家的那片田地，全因她望見楊仔就在那裡，兩手剪腰後觀望田裡。割稻仔不怕別人看，就只擔心楊仔多瞥兩眼。稻穀的供出量通常由庄內各戶討論攤派，隨後依議定數量生產，唯楊仔還能在其間動手腳，按他的意思調動各戶應繳納的稻穀份額；上一期收穫便有人因為得罪了楊仔，無故多繳了幾斗米，平白少吃了幾頓飯。阿綿嬸走向楊仔，順風傾出番薯湯的香甜氣，收整妥自己後，鬆出滿臉和悅的神色，向楊仔招呼道：「楊仔，你哪會有閒過來？」

保正楊仔稍側首瞥向阿綿嬸，嘴角淺淺勾起，眼神更瞇縫的說：「割稻仔遮爾重要的代誌，我一定愛出來佮逐家做伙，才袂虧欠政府增產的用心咧。」

阿靜伴著女兒走了過來，先欠身向保正伯楊仔打招呼，然後伸手取來明珠的竹籃，要女兒跟保正伯問好，但小明珠只是躲在她身後，稍稍探出頭仰望著。阿綿嬸把湯鍋擱在地上，從阿靜手上的提籃裡迅速揀出一只碗，然後攪動湯水，舀出一勺鍋內僅有的鬆軟番薯塊盛裝好，遞向楊仔道：「你辛苦矣。」

「莫按呢講，莫按呢講啦。」楊仔回，接過碗就口喝下。還未割落的稻穗跳閃於田裡，阿才伯仍在削稻仔，曲著腰，不曾抬頭，執倔的朝田地更深的地方進去。查埔人。阿綿嬸覷著自己的丈夫，心裡無奈的想，不知道自己還能為這個家多面對些什麼。

近中午，光直落，挺身隊細瘦的女學生們身姿優雅的穿行在爍花花的田裡。即便是在勞動，她們臉上似乎依然泛著溫文的薄笑，淺淺的嬉鬧流轉在彼此之間，青春得那麼無煩無憂。阿綿嬸瞥看著這些女孩，懷想女兒失去的可能是什麼，同時想著命運。

楊仔吃淨甜湯，面皮裡總算擠出饜足的表情；他姆指扣著碗，好像還沒打算交回。阿綿嬸又從竹籃裡撈起一只碗，問道：「欲閣食淡薄仔無？」

「毋免啦。」楊仔懶懶的回應，將碗遞給阿靜，而明珠還瞠著眼睛看他。阿綿嬸又將眼光朝向警防團的年輕人，少年忙擺手說不必了。直到這時，阿靜才把茶壺和提籃放下，明珠走出她的身後，半蹲下，將竹籃裡的杯碗一個一個拿出來。

「毋唉，險險袂記得。」楊仔隨意的說，稍頓了一下，細小的眼睛望著阿綿嬸。「阮今仔日欲檢查每一戶的防空壕，庄役所彼爿交代的。恁敢有看著今仔日的報紙？」

當然是不可能看到的。由於物資管制，報紙愈出愈小張，幾乎要比手巾更窄仄了，況且鄉下本來就難得看到報紙，下田維生都來不及了，怎麼會先翻過報紙，但是阿綿嬸還是謹慎的說：「按怎樣？」

「噫，報紙講，廣島前幾日去予米國仔的爆擊機擲兩粒炸彈落去，敢若死真濟人，聽講是新型的炸彈，比毒氣閣較厲害咧。」

楊仔的語氣聽起來像是在說遠方的事，阿綿嬸赤裸的腳底則被汗冷濕了，糊著一層路面的爛泥土。保正指指警防團的少年，少年點點頭，跟阿綿嬸說要去他們家檢查防空壕，確認防空壕夠強固，堪可撐過米鬼新型炸彈的爆擊。阿綿嬸眼神稍微游移，答應領他們前去，但先指示媳婦招呼挺身隊的成員吃點心，提醒力氣不夠的孫女拿取杯碗要小心，最後才轉身，偕同楊仔二人離開。

他們四周的田野遍地燦黃，其間有些是已經割畢的稻頭，更多的是尚未採收的稻仔。現在庄內各家都缺人手，收割稻穀必須等挺身隊配合協助，不若以往便捷。阿綿嬸他們較晚割稻，算是運氣好，有些庄人為了應付規定的米穀份額，只能趕在稻穗初垂時便將依然泛青的稻仔割下，水煮後碾去粗糠旋即繳出，免得巡查不時上門煩擾。阿綿嬸直視眼前伸展的小路，任那些沒人收割的稻田途經自己；風流過，稻仔嘶嘶的鬧響毫無遮掩的潑向她。保正楊仔沿途瞥望那些已割和未割的稻田，稍尋思，嘆口氣道：「無人會當鬥割稻仔，對增產真正影響足大，無定著會袂赴交出去咧。」

逕直走，阿綿嬸沒聽清楚楊仔說的話。熱天中午，日光持續在掉，她的額際被炙出滾熱的汗水，然風吹來時，已經能感覺到敷在汗水下的涼意。七月初五了，算起來熱天應該剩無多少時日，至於其他季節何時到，則是無法知道的事。阿綿嬸想，在義仔和信仔到家以前，她得先替兄弟二人張羅好冬天的衣服，也許試著湊合出幾尺厚布料，託人裁兩套衣服。給信仔的那套要扎實點，這孩子老實，從來不懂得要東西，兩三年都只穿那幾件衣服，把好東西都留給小弟。阿綿嬸暗自度量衣裝的尺寸，以及兩個久未重逢、身處異地的兒子，同時想著那套已被丈夫拿去交易雞肉的洋服，心底思忖著，自己不知道還需要耗費多少，才能把失去的東西一點一點換回來。

「唉咿，無偌久，後一期的稻仔嘛差不多欲佈矣，毋知影彼時的天氣會變按怎？」楊仔說，腳步拖得慢緩緩的。

「莫傷寒就好矣。」阿綿嬸應道。

「較驚做風颱。進前風颱了後，這期的稻仔上無嘛減收三四成，後回若閣再來幾个，咱就真麻煩矣。」楊仔叨絮的講著。

「是啊。」是啊，是啊。

繞過綠竹圍仔，踏經稻埕外，阿綿嬸腳步稍停，轉身對楊仔和警防團少年擺擺手，示意他們跟著朝護龍旁走。保正楊仔正細細打量著他們的老屋，特別是屋頂上那管不久前還在吐煙的煙筒；他鼻翼朝外微微掀張，頭半抬，似乎正在嗅聞突兀而可疑的氣味。

「阿月猶有偌久才會生？」楊仔問。

「差不多閣個外月。」阿綿嬸回答。

「所以伊閣睏佇咧防空壕內底？」

阿綿嬸說對，楊仔哼哼兩聲，當作回應。幸好報紙是今天刊出爆擊的消息，否則再早幾日，從闇市買來的雞肉與食材，恐怕就掩藏不住了。阿綿嬸想。厝間內應該沒有其他東西了，既沒有不應該存在的，也沒有應該存在的，萬事皆尋常。

警防團少年率先踩開步伐，楊仔跟著，阿綿嬸只能尾隨在最後方，三人一起走上屋旁那條小徑，地面已經乾了，間或雜有細而硬的中晝光線，唯有玉蘭樹的葉子還濕著。蟬嘶嘹亮，窄道間沒有其他聲響，只有風闖入竹圍仔、扭折斷彼處枝條時，才會裂出一點破響。少年在防空壕外暫停下腳步，回頭望著阿綿嬸；楊仔亦如是，臉上帶著模糊的興味。阿綿嬸知道，楊仔懷疑他們私藏物資，這種時機，一斗米也值得耗費整天工夫掩藏，而再也沒有什麼比鎮日窩睡在防空壕裡更可疑的了。她強作無謂，隨口說：入去啦。蟬噪把阿綿嬸的聲音壓得極扁塌。

警防團少年矮下身，身形曲痀的楊仔則逕直進入；二人先後循著短階進入狹窄的防空壕裡。那裡面原本就暗，插進他們的影子後，就真的什麼都看不見了。阿綿嬸站在壕外，望著兩個男人的肩背，上面有一小角的日頭跟隨他們的動作在晃；半晌，她聽見女兒清晰而平穩的聲音說：「保正伯。」

楊仔發出一段短鼻音作為答覆，然後說：「阿月，佇遮睏甲有慣勢無？阮今仔日是奉郡役所防空課的指示，來遮檢查恁厝內的防空壕敢有夠勇。」

話語畢，少年旋即朝前一步，進入防空壕裡開始檢查。陰影裡，少年剩下一撇模糊身形，阿綿嬸隱隱看見他舉起隨身短棍，敲響搭有木板的牆面。楊仔說，這是在檢查防空壕上面的覆土或掩蔽夠不夠厚實、能不能抗衡米機掃射或者爆擊，許多設置馬虎的防空壕，後來反而變成全家人的葬身處，不詳細檢查不行。

阿綿嬸無法看清防空壕，那裡面好暗，似乎比往常還要深邃，而且楊仔把她的視線徹底擋住了，僅剩下他肩頭上留著的光依然刺眼。阿綿嬸沒動，楊仔沒動，防空壕也靜止在那裡，只有警防團少年檢查防空壕時發出的篤篤篤聲在兜繞，那些音聲流進她的耳朵以後，顯得更迂迴而可疑。這時，阿月大概一句話都沒說，也沒發出半點聲音，但阿綿嬸知道女兒必然兩手護著肚腹，端坐在竹床上，安靜看著每件即將發生或者正在發生的事，直到那些都一點一點結束，或者離開自己為止。偶爾阿綿嬸沒辦法徹底懂得，這些時候究竟是誰攪擾了誰，誰應該保持緘默，她只能在烏暗的所在張看另一個暗處。

「恁嘛毋通嫌麻煩，阮做的所有代誌，攏是為著保護逐家佮庄仔頭的安全。」楊仔說，一邊注視少年在防空壕各個角落間游移。

音轉尖利，防空壕裡傳出空空的迴響，警防團少年好像停步了，開始以短棍反覆撞擊同一片木板的同一個位置，持續落下晃蕩而遙遠的敲打聲。他稍退出防空壕，右手順著在壕外摸索，指尖溜過防空壕上緣木板與覆土間的一道縫隙，隔板鬆，約略可以容納四指併齊伸入；少年暫時收回手，再把短棍前端插入隙縫裡，稍出力，將木板翹開，露出一個洞口，黑幽幽的空懸著。楊仔塌萎的身體似乎微微伸張了一下，開口以有些不穩的口氣，顫顫的問：

「敢有發現啥物物件？」

少年淺淺仰首，注視著眼前孔隙，在土沙和板壁之間，似乎有一疊布料掩藏於彼處，闇影下還有層清透明亮的色調。他觀望了一會，才出手遲遲慢慢的掏挖，指頭隨著每次掘探而捲出礫石、土塊或者濁黃黃的濃泥漿，速度緩得像是什麼都還留在原處，興許是為了避免破壞防空壕體，只能這樣穩穩的挖掘。結果是楊仔耐不住，趕上前，擠碰開少年，挺直起腰桿，揚臂把東西扯落，摜在短階上。那落布順勢拉展開，摔出意料外的啪噠聲。攤展開的是兩件破衣服，一件是寬大的漢衫，另一件是稍微窄小的農業學校舊制服，兩件都糟得像是撿拾自墓地，之後還得埋回塚內養蟲蛆。只有阿綿嬸知道，成堆的舊衣服是鋪墊在防空壕頂，聊作防彈之用，代替慣常敷設的舊棉被——一般家戶自行闢建的防空壕，大多僅在屋外簡便開挖坑洞，上面搭蓋竹支架或木板模後，以土石草葉覆蓋，有些人會在上方額外擺放一件棉被或者舊碗櫥家具，多少攤分一點米軍掃射時擲下的銃子。但是知道歸知道，不可能預想到那會出現在眼前；他們齊齊望著那兩件破衣服從各個角落滲出泥水，髒水厚而重的淌在那裡，蟬鳴隨之汩汩流開。沒有人說話。

稍後，或更久以後，警防團少年將仍濕漉的短棍收置腰際，側身讓過保正楊仔和正在滲水的衣服，踏上階梯，來到阿綿嬸面前。少年告訴她，防空壕的防護不足，必須再做補強。語罷，他走到阿綿嬸身後站定，安靜的等候楊仔，於是楊仔接著歪歪斜斜的踩過地面上的爛衣物，和少年一起離開了。鳴蟬猶嘶，防空壕上的缺口和短階上的破衣猶在原地，阿綿嬸依然孤自佇立不動，但似乎已經漸漸無法確定自己到底耳聞了什麼，直到有人終於出聲，小聲的叫喚她為止。

26.

過了一晝夜。許政信這麼認為，但或許那並不能被稱作一種想法。

他們正在下坡，或者是坡地正在落下他們。火把泰半已熄滅，更多是在路途間便燒盡毀折，黑暗徹底遮掩五感，亦或黑暗即為叢林本身，是叢林圍困他們。山根軍醫已經無法指揮隊伍，早先搜下的指北針，分別被四名猛壯的戰友瓜分，他們都不相信指北針，卻仍把它們珍重的捂進懷中，然後把山根的那只指北針以步兵銃的銃床狠狠砸碎。隊伍已經沒有前端，欲轉進或駐紮都缺少明確的指令，只能個人照應個人，但他們還是默默行進，沒人留駐。森林的時間緻密，他們被耗損太多，疲倦的徹底遺忘了疲倦，如今還能稍動的戰友，也只是放任身體兀自挪移，步伐混亂，不時摔絆跌且經常忘了再爬起。還活著的病患更糟，染患的惡性馬拉利亞幾乎弄壞他們，其他人也無心多加照看，他們只好趴在地上，有餘力的讓自己朝前撲空摔下坡，緊追戰友；不能稍動的，則索性不動了。他們徹底斷絕了糧食來源，然沒人有能耐在寡光的叢林裡尋找那些，烏暗騰出空間，飢饉變得好大，甚至超過他們的軀幹與四肢。各種病症透入所有人的身體，他們手腳塌、骨頭軟，每個關節都尖利如刀鋸從內裡切削後把筋脈朝外翻，頭殼通腳底像是汪著整片水澤，皮膚和頭髮則反常的乾燥剝落脫出花屑，最輕的風都可以逼使他們的身體挲挲生響。空肚腹咕嚕嚕吵進腦門內，理性與情感都要他們四出覓食，然而他們看不清、走不動，僅能引臂掃來眼前紛雜的事物，沒柴火就生食，只要比嘴齒軟的都可以吞落喉。山芋的短芽、雨後瘋長的菇菌、野草根、將腐的嫩樹枝或者小片的苔蘚，被他們各自撈獲擱進口中咀嚼，連意外拾起的濕土也吃下。飢餓催促他們繼續動手向叢林討取食物，當想再取食時，他們才發現自己的指甲掉落，泌出稀而淡的血水，指尖裏滿爛泥敗葉的傷口逐漸擴大，疼痛隨之膨脹，像猛火徹底燒麻身體的尾梢，讓他們幾乎吶喊叫出。

音聲掩得極近，而許政信遠遠站著，他不飲不食不倒臥，更不允許自己飢餓，只佇立於萬事的邊際，穩穩的行踏在坡上。萬福仔仍然伏趴在他的肩背上，即便，偶爾隔著發麻失感的臂膀與肩胛，經過幽慢異常的靜默，許政信會以為萬福仔已經於四罩而下的黑暗裡死了，但總在那些時候，萬福仔便會及時從死裡復活，稍稍挪動虛而輕的頭顱，或者從口鼻游出如絲般的氣息；在那些時候，許政信也會以為自己才從夢中醒轉，然後又要浸入另個無涯的夢裡。

整地斜傾，他的足板歪，世界清楚的朝前方傾倒，但沒辦法辨認自己落腳何處，履踏的每個所在都虛軟而無重量。在林間禽鳥蟲獸噤聲不鳴的時候，許政信可以耳聞前後左右斷續的喘息聲，凌亂的於四界發響、齊一的朝下收聚，偶爾還雜有某些東西倒落滾旋、撥動草葉碾出的窸窸窣。立定，行走，立定，行走，一步一探，許政信逐次確定踩踐穩當之後才朝下踏，肩背上的彈丸和手榴彈順勢拖拽、緊勒身軀，勸誘他繼續往深處去，往更深處去。更深處是烏暗展延不止，然後許政信模糊的覷見叢林在瞑暗之間收停了，原來黑暗也有盡頭。

那裡是一帶涓細的碎光，比他們在南洋慣看的雨絲更加零落，像眼睛頂的淡傷痕，薄卻深重，足夠攔下所見的一切。許政信茫茫的走，直到聲響嘩嘩了，他才知道眼前的原來是條山澗，水流稍窄半淺，頂上林葉間隙淌落的微光，於其間映射四散。半晌，許政信立定在那裡，確實覺得自己再也無法往前了，淙淙水聲似乎比所能聞見的更顯豐沛，更多久經按捺的渴與餓與病痛虛弱被誘引出來，他想蹲下掬水啜飲，但彎曲的背脊已承受不住身軀的所有重壓了。許政信的頭臉埋入山澗，在短短的漣漪之後，就只有流水呼呼行經眼鼻口耳，他看到的景象凌亂，嗅到的氣味混雜著叢林各種植物的朽壞和動物的腐爛，嚐到的水裡隱有蝌蚪子或者幼細的溪魚，最終他聽到聲音，整片叢林內的聲音——枯葉掉、沙石降、野豬渡溪、巨木倒落、地面被掀開、部隊急行軍、野砲轟炸山頭、大火燒乾森林……這些都泊靠在許政信的耳畔，就像船隻停佇於海岸邊，既是遠也是近，時清晰時朦朧。稍後，他聞見成列的落水聲，整串吸吐瑣碎隨之掩至。許政信聽出那是戰友陸續埋首進山澗，舌頭捲水入喉解渴，同時咬嚙溪魚發出咂嘴聲，還有更多的苦難和怨憤經過他們的五官順流而下。

戰事圈繞，走再久也離不開。許政信想，那麼我們就藏在這裡，沒有任何地方能比此地距離戰爭更遠了。他安下心，慢慢喘息，決定在第一名戰友放掉呼吸以後尾隨跟上，真正逃出這片叢林和戰場，捨去身軀，返家的路途也就不那麼迢遠了。

上游傳來一陣細碎的嗶嗶啵，彼處也許有口鼻拒絕喘氣了。許政信閉目閉口閉耳，不去覺感外邊與周身，直到臟腑痛，思緒飄盪起，但心搏和呼吸猶在，於身軀上低低作響，煩擾著他。那是萬福仔，活得如斯嘈雜，吹出的氣息撩亂著許政信，讓他嗆咳，令他重又聽聞萬事朝自己擠迫過來，使他慌亂的揚首。

抬起頭，許政信離開所有川流過的聲音，睜眼又合眼，濾淨眼睛後四顧，各界空靜而清楚，隱隱於臉面上滲進一種緊繃嶄新的刺痛。眾事物猶如方才，叢林仍烏，山澗猶淌，戰友們還在，這裡依舊是寡語的戰地，只有萬福仔艱難的吸吐。空空望著流水，也被流水茫茫覷看，許政信趴俯少頃，且忘死，伸手舀起一把水給背後的萬福仔飲，但他口鼻皆忙，把許政信掌心的水給吹掉了。挺起身，許政信把萬福仔放落在地，讓他傍著山澗，雙手捧水趁他嘴開時倒灌。許政信做得極為審慎，暫時只能面對同鄉戰友的苦痛，幾乎忘記所為再多終無意義。然後，在手心，許政信瞥見迷亂的掌紋上短短跳出光，他低頭，詳細看，目及一片狹窄的星空平躺在那裡，其中四顆最亮的無疑便是〈台灣軍之歌〉裡提過的南十字星。昂首，許政信隔著叢林密縫的枝葉尋到亮星，同時也辨識出山澗自北淌向南。他再垂頭看向澗水，聽明白所有聲音大抵皆由上游循水流下。

許政信粗略的猜測聯合軍或許只沿著北部海岸推進，往南躲藏比較可能活命，最少最少，死前還能見見那片困死眾人的大海。他轉身朝一干戰友呼喝，然無人應聲，他們還頭臉困於山澗，陷於那個遙遠而蕩漂音聲的水流中，各自有各自的回覆與應對，但不是在許政信眼前。他艱難的上前搖晃眾戰友，拉扯他們的手腳身軀，把各張臉孔引拔出水，其中有尚喘息的，亦有不願再呼吸的，然不欲稍動的便不可能挪移，貼他們鬢邊喊叫也只會從閉塞的耳朵裡撞出厚迴聲。許政信無可奈何，現在不是他要脫隊，而是隊伍徹底的放棄他，不予回應了。他踱向山澗上游，勉力俯下身，分別用日本話和台灣話朝水流說：我佮萬福仔走頭前矣，恁著愛綴來，莫乎米鬼妖怪攫去矣。澗水下游咕嚕嚕咕嚕嚕浮出雜亂氣泡，似乎他們全都聽懂，默許了。

走回萬福仔身邊，許政信先從雜囊裡掏出白色的破襦袢，才把萬福仔扛上肩。目光仍茫，只有碎星芒灑亮的山澗猶能在眼底洩出微光，他遲慢移足入水流，腳步有了方向。依澗水，他沿途走同時手撕襦袢，將虛而薄的爛布料裹纏在整路上所有的枝幹或岩石上，於是烏暗的叢林也能指點出路了，然許政信不曾再回頭瞥望那些。眼前的森林就要再度被瞑暗遮去，細碎波光隨著緊紮的枝椏闊葉漸漸潰散。許政信抬頭凝望天頂上的南十字星，直到四界窄仄凝定，叢林再將一切收回之前，在那之前。

八月十三日

27.

少年們在等，安靜的等。早飯結束，班長還沒分派當日任務，他們還不清楚今天會如何，但少年們知道，有些事會與之前不同——兩名逃亡的警備兵昨日黃昏被憲兵抓捕回來了，據當時輪值警衛勤務的謝說，他先聽見木炭自動車嘈嘈駛近國校停妥，然後才隱隱看到兩抹畏縮的灰影被憲兵分別押著，走進軍士官專用的那間教室。稍久之後，憲兵的自動車噗嚕嚕的發動駕遠了，校園裡才接著傳出猛烈的苛罵聲，持續了許久方止。更久之後，謝才敢稍稍側頭瞥向那裡。他窺到逃兵們跪在校庭邊，身體歪扭不正，臉孔腫得像麵龜般大，望不見更裡面的表情。

日頭落山了，逃兵仍那樣跪著，無燈火的夜晚將他們披覆消失，只有風向對的時候，才能聞到他們褲底的臭尿味。整晚，接續勤務的少年們都還可以嗅得那種纏祟的氣息，直至天亮了，輪值的學友才窺見逃兵被軍曹偕兩名士兵扣往別處禁閉。晨起洗面漱口時，結束勤務的少年們迎著溪水的波光，低而短的將這件事轉告給其他學友。他們聽過此事，抹乾臉走開，把那兜在心底反覆忖度，各人有各人的思緒，大抵都是在憂心幹部會對學徒兵施以連帶處罰，表示懲戒。那時候，許政義瞥望四下，覷高的雲、寬的山和闊的地，想像脫走的警備兵如何躲藏，但他隨即發現，當他們初初邁出步伐時，便命定只能逃了，放眼所見都是他們得要迴避閃繞的事物。如斯想罷，許政義覺得自己的內裡好空曠，只能放進更多茫然，絲毫不能再臆測些什麼了。

腳步聲近，班長來到隊伍前方編派任務。少年們盡可能挺直身體，讓自己顯得堅毅無比，不似常人。班長目光巡過學徒兵，接著張口發話，聲音稍微粗啞，似乎曾經耗盡力氣吼叫；少年們得要傾靠向前仔細聽，才能完全懂得班長的指令。側身時他們可以隱約看到班長的指節腫脹，散佈著烏青。

班長說，今日操練與飛行場警衛勤務如常進行，但是從現在起，必須額外派人負責監視被關重營倉❶的逃兵。

「要怪就怪你們本島人吧，膽敢在戰地敵前逃亡，怎可堪配作為天皇子民護衛皇土呢。」

少年們同聲答覆是，沒有多作回應，也不應該多作回應。班長接著編派監視重營倉的人員，他指示少年們要按表換班，至營倉交替守衛，其餘時候依然得與部隊一起進行訓練。許政義是頭一個，班長命令他出發前往充作營倉使用的國校禮堂，接替暫代衛兵勤務的古兵前輩。他們還有更重要的事要做。班長這樣講，雖然許政義不甚瞭解如今這裡還能有什麼重要的事，但仍稍稍欠身答應。

集合，踏步，前進，隊伍的聲音還在後面，許政義已經離開光照盈盈的廟埕，進到暗影斑斑的市街。街路與往日相同，但看上去開闊了許多，大概是由於行人和攤商更寡少的原因吧——近幾日，部隊遣人四出搜索逃兵，軍警憲兵到處走動，難免也有偷閒掩進攤位店家，覓點心、涼水，墊高肚腹才做事的。在地商家對這類人多少有些戒懼，穿制服的，非囉嗦的警防團即是巡查或日本兵仔，都是難捉摸的傢伙；為免遭到無故牽扯，不如關店門，躲遠些較好。隊伍的腳步聲漫上了路，許政義聽到亭仔腳裡瞬間鑽出小孩駭怕的哭聲，但又隨即被噓聲和低低的斥罵聲給堵塞住了。許政義拉長步伐，選擇街道陰暗無光的那側行走；循著暗處，他來到國校的大門前，朝兩個衛兵敬禮後，逕自穿越過，衛兵們沒有多看他一眼，也無表情，就只是佇立著。

禮堂位於教室之後，寬廣的牆面上有許多大窗戶，當中開著一扇更闊的門，似乎每所國校都存在這樣一棟建築物。許政義知道，此間禮堂平日總是關著，只在特攻前日才會開啟，據說那時這裡會佈置各種罕見的酒水飲料和點心食物，替特攻隊員舉行餞別會。許政義從來沒親眼看過餞別會現場，只在站衛兵時偶爾目睹披著白絲巾、臉畫淡妝的特攻隊員進入禮

---

❶ 日文漢字，舊日本陸軍的懲罰手段，類似於關禁閉。

堂，然後再彼此攙扶著走出來，踏在迷濛的神色以及淩亂的歌聲裡緩緩遠去。許政義隱隱覺得那些離開禮堂的特攻隊員，變得和原本不同了，但他還不太能完全理解那些，就像他永遠無法真正懂得一株稻仔被刈落時的心情一樣。

繞過門，跨窗湧入的陽光在禮堂裡平坦溢流，泰半黑影都在那當中塌陷消失，只有室內中央處的大落桌椅疊起闇影把光攔下——國校的木桌椅三張堆高、五張平擺當室合圍，桌子椅子亂影子築出密實的四堵牆。許政義觀望良久，才發現兩個逃兵就坐在當中，裡面沒有光，無光的地方即是牢籠。少頃，清亮的咳嗽聲盪過來，許政義轉身，看見一名古兵倚牆立於窗邊的暗處注視他，兩手端著一柄黑色的模擬銃[1]，表情有些煩躁不耐；不耐的原因可能很多，隨便挑一個都足夠當成教訓學徒兵的理由。許政義走向那裡，審慎的欠身向古兵打招呼，表明自己受命來此接替監視脫走兵，班長交代往後的衛兵工作都由學徒兵負責。古兵聽畢並未回應，只是將手中的模擬銃遞給許政義，便轉身走出禮堂。

手持無法射擊的模擬銃，許政義面朝層疊起的重營倉穩穩站妥，桌椅的空隙讓那之後的一切都在他的眼中成為零碎，只有逃兵虛弱的哀嚎持續穿透出。禮堂外響起陣列的踏步聲，學徒兵已抵達國校，領隊的班長喊口令喝停隊伍後，運動場變得緘默，大概是在等待軍曹發言講話吧。許政義想罷，繼續注視著重營倉，但課桌椅後方的逃兵也安靜了，極久極久都無聲音，直到運動場上的班長下令第一批學友開始進行肉迫訓練，那裡面仍然沒有半點動靜。

許政義回憶起謝的話，擔心逃兵沒挨過整晚的拳腳教訓，說不定已經斃死在桌子椅子間。他不安的握牢模擬銃，移步偎向營倉邊側耳傾聽，直到耳鬢幾乎貼上木桌腳，才聞見其中一名逃兵含著腫脹的舌頭，小聲的用台灣話講：「外面敢是農校的學生仔？」

許政義稍微放心，沒打算回應就要默默走開，但逃兵還兀自講著：「少年仔，敢會使請你去佮遐的日本仔講，阮知矣，會老實將脫走的原因交代清楚。」

沒預料會聽到這種話，許政義愣了半晌沒反應，逃兵則繼續往下說出經過——某日他們輪值飛行場衛兵，在掩體邊撿到一張紙，紙面新白亮麗，即便他們不懂國語和漢字，也知道這種紙張罕見珍貴；警備兵撿起琢磨了半天，只看懂紙上印著一隻喙咬短樹枝的肥鴿，其他一概不明。倒是他們突然回憶起拉績歐的放送提醒過，米鬼會從飛行機上空飄傳單惑亂民心，撿獲傳單得要迅速燒燬，或者交給巡查與憲兵，不從者則受拘役或罰款。這麼一想，反而讓警備兵心慌了，他們一時拿不定主意，最後決定先搞懂紙張內容，摸索清楚後再作打算也不遲。他們趁去便所時找上一名學徒兵，把紙張託付給他，請他幫忙說明紙上的內容。那個學徒兵似乎並不驚訝，只是交代警備兵莫張揚，他先閱讀後再找機會將內容講給他們明瞭。學徒兵極為謹慎，只在上廁所或於溪邊梳洗的零餘時間，小聲的跟他們解釋紙上的文

❶ 指學校軍訓用槍。

意。幾回以後，警備兵才終於略懂那篇文章的意思——上面刊載的原來是米英和支那領導人的共同宣言，除了強調會繼續增強攻打大日本帝國的壓力之外，同時表明台灣和澎湖得要歸還給支那政府。他們聽得明白、懂得模糊，還得要讓學徒兵說得更清楚。

意思是講，台灣就欲轉去中國彼爿矣，無偌久日本狗就欲輸矣。學徒兵這樣講，接著表明自己不會多說什麼，也會把傳單直接交給班長，之後隨即把紙張摺好，收進兵褲的口袋裡。傳單被拿去，但那些話還在，有的念頭甚至浮現得更加清晰。既然知道阿本仔已經支撐不久，逃亡似乎變得簡單許多；依傳單的意思，只要躲得夠久就可以，當然也可能變壞，但再壞也強過在這裡任由四腳仔差使，不幸的話還可能於每日的制裁間被搧斷脖子。他們另外找到三個台灣人參與逃亡，相約在輪值衛兵時逃脫。他們預先設想很多，但是真正動身以後，才發現面對的遠比想像的多更多，幾個人逃得既沒方向也無章法，不久便被變裝的憲兵在淺山處攫獲抓回。

「其實阮也無走偌遠，按呢敢會使罰較輕？」

許政義沒有回答，心裡仍在揣想逃兵剛才的話。良久以後，他才開口問道：「汝敢閣會記得彼個教恁讀傳單的學徒兵？」

逃兵說不記得了。這段時間他能記得的事很少。

不知道已輪到第幾批的學徒兵進行肉迫訓練，經過耳朵，每個踏步、吶喊、咆哮，聽起來都極為相像，沒有差別。桌椅後面的逃兵聲音被遮去不見了，許政義還試著對他說些什麼，但連他也無法清楚聽聞自己的話語。四顧盼望，然後離開那裡，許政義轉回牆邊佇立，他原想隔窗瞥視禮堂外的運動場，看學友們逐個操作刺突爆雷，但那一切都太過刺眼了，只能看到細而薄的人影，背逆著日頭移動。許政義還想繼續窺望，但陽光螫痛了他的雙目，只能回頭面對禮堂裡的那些暗處，而面對黑影時就只能看見黑影。他發現其中一堵長影子，應該就來自他的腳底，但他已經無法準確辨認自己了。

28.

就差一點而已。宮下伍長幾日前這麼說，而黃承德幾日後仍作如是想。

就快結束了。尖喙掘仔抵著地面，黃承德垂頭喘氣，覺得自己已撐持過許多個坑道的終點，但盡頭後面還有盡頭，挖掘作業仍未停止。數日以來，作業進度愈趨加快，阿本仔伍長以同一款說詞，將他們困在同一條坑道裡，時間被他說得像殘渣那樣碎糊糊無價值。每當伍長說罷，張仔就會接著繼續鼓舞他們，他說得這麼懇切而誠實，幾乎要使他們什麼都相信了。幾個客人仔偎在一起，眼神有懷疑和憎惡，但手底仍然沒停歇的掏挖土塊，而榮祥則還是低著頭。客人仔這四日以來尚且安份，全依張仔的指示輪流工作，唯那個喚作勁生的客人仔例外。

自從張仔教示過榮祥以後，勁生就幾乎不再工作和講話了。阿本仔並沒有多發言，只是扣下他每日的吃食，轉分給其他公工，阿勇和金水吃得嘖嘖響，三個客人仔嚙得小聲，但他完全不在意。客人仔勁生不工作的時候，手邊便沒有沙挑，花費最多時間做的便是找個地方站妥，鎮日凝視張仔；他的眼神深如坑道，瞥一眼都讓人心底生出不安。張仔自然知道這些，但他好像並不特別注意，只是任由他窩縮在坑道的暗處，陰影似的佇立。直到今早，勁生才和伍長伸手領飯糰和尖喙掘仔，同時開口用日本話說，他想通了，決定和大家好好努力，早日完成工事作業。

舉起，砸落，尖喙掘仔撞上岩壁後摔還堅硬的聲音，沙塵飄散開，遮眉目也遮身軀。黃承德和一個客人仔並肩掘土、輪流拭汗，電土燈在地上燃著，偶爾因為張仔和勁生掠過的影子而嘶嘶晃動——他們現在暫時負責鏟廢土，兩人的手腳俱快，坑道內總是沒有空的畚箕，另外四人得要來回跑，才趕得及把他們掏起的廢土挑運送出，長長坑道裡於是擠滿短短喘吁。更多時候，張仔和勁生僅能等待，兩人各自倚著坑壁站立，黃承德曾偷偷回頭瞥，見他們兩對眼睛像是直直看著電土燈嘴的火光，其實耳朵皆大張在守望對方，彼此手裡的沙挑從不離身。張仔那裡有只哨子，由阿本仔伍長交付，讓他在需要時吹哨發號，令眾人交換輪替。但哨子還不曾響過，被張仔吊在胸前新油油，只有光焰拍出亮響，此外沒有任何聲音。而黃承德的汗水澹澹在流，沒穿上衣也緊緊裹沾全身。早頓過去矣，中晝毋知影到矣未？食過飯以後才會使換班。黃承德等得心急多了。

舉起，砸落，一樣的迴聲。碎土掛在掘仔尖端，放下工具，用足袋底輕輕踢去，濕泥土黏上足袋的膠底，客人仔繼續做事，黃承德用力吸氣，吐氣。舉起，砸落，剛剛砸落。

沒有任何聲音轉來，客人仔的尖喙掘仔鑿入一個沒有迴聲的所在。他稍遲疑，緩緩移開掘仔，低頭瞇眼望進那裡面，然後退開。黃承德沒說話，抄起工具接著挖。岩壁仍是岩壁，幾次落手都震盪返滿掌心的痠麻；他撐飽呼吸，持續掏掘，終於，掘仔上頭再也沒有什麼迂迴而至。黃承德輕輕搖動手裡的工具，感覺那頭空著，像是什麼都沒有。擺晃的動作略大，意外敲翻了岩壁、滾落大石塊；上石沙塵暴下，黃承德和客人仔抽手退開，而那個孔洞底流出了風，洶湧著，潑撒飛灰，逼他們舉臂遮臉，任由工具掉落地面。張仔和勁生這時才轉頭，見到燈火亂翩翩，短風剛過，黃承德和客人仔公工側身縮到坑道邊上，工具在地上鏗鏘鬧。張仔二人領著沙挑一起走來，先彎身撿起掘仔，接著分別詢問客人仔和黃承德有無受傷，最後直直注視著正在噴風的洞。每個人的身影都在動，張仔將地面上的電土燈拿起，貼靠岩壁，影子於是順風扭折延展開。黃承德看到燈火錯落在洞緣，光急著朝那之間填，卻什麼也不見，只有厚實的黑。

「現在咧？」勁生先講。

「通知阿本仔啊。」客人仔說，話語間可以聽出難以掩蓋的客家腔調。

「現在咧？」勁生又問。黃承德瞥見他的側臉，嘴角掛著一點幽微而模糊的笑意。

「先將路挖開再決定。」張仔立刻說，穩穩凝望著勁生。勁生沒有回話，只是晃了晃頭。沿著孔洞外圍，岩壁轉瞬變得脆弱，輕輕碰觸即崩垮。他們四人各自取工具站開掘土，黃承德推擠於張仔和勁生之間，無法揮掘仔挖，只能以掘仔尖小小撓撥岩壁的沙土。湧流的風漸弱，洞穴擴展開，就要成為坑道的部分，長寬已堪容單人矮身通過，而此時張仔喊停，要先進去確認岩壁後有什麼，也另外派一人出坑，知會阿本仔伍長和其他公工。

「就一粒山爾爾，你鑽入去看也猶原仝款。」勁生這樣講，但張仔沒搭理他，隨即開口遣客人仔出坑口通報，自己則彎身朝洞內進去。客人仔扔下尖喙掘仔，掉頭走了；勁生舌頭咋出聲，也低頭跟著張仔走；黃承德則走在尾端，並提起地上的電土燈，將那抹火光引過洞裡。

燈光擠過坑洞以後，瞬即匯聚後又緊接著逸散，黃承德的雙眼跟在那之後，看到張仔和勁生可見的背影佇立於一片無際的闇裡，他們極小，火光也極小，唯面前的漆黑大得包含不進眼睛裡。張仔迴身取過黃承德手中的電土燈然後舉高，光焰晃動而後薄薄撒開，模糊的覆上圍圈四界崎亂深廣的坑道，但除了他們身後那堵被鑿穿的岩壁以外，什麼也沒有，只有他們三個清楚的處於其間。喀哩喀哩，勁生將沙挑拖地走刮出噪音，響聲從某處盪回，聽上去極遠不近，由四界隆隆擴出數個來向；他停步揚起沙挑，轉頭覰著張仔問：「敢是遮？」

張仔沒有回話。勁生蹲下，伸出左手撫過地面後舉至眼前，大拇指和食指交互挲出沙沙聲，接著站起，道：「挖毋著所在矣，彼个阿本仔，我早就臆著矣，伊的測量根本無準。」

沉默少頃，電土燈噴口火焰搖出碎聲，張仔注視勁生半晌後講：「主坑應該是迴到山腳彼爿的陣地，若是這个坑毋是迴遐，按呢是迴佗位？」

「我哪會知影？這應該問你佮彼个阿本仔。」勁生譏諷的笑，臉孔於散光底下彷彿正在浮動。他邊說邊朝後稍稍退了一步，握沙挑的右手輕輕晃著。

望過手裡的電土燈，張仔瞥了瞥黃承德，回頭向客人仔說：「若是按呢，咱就來轉矣。」黃承德就要轉身走了，勁生則問：「轉去佗位？」

「轉去坑口，予伍長重新測量，閣再挖過。」張仔答。

「你毋是欲檢查確認過坑道了後，才去通知阿本仔？」

「免檢查矣，這條坑道迵到海岸邊，你家己嘛知影。」他這樣回。極輕極輕的風流過，挾來一股淡的鹹味與海潮氣息，黃承德如今才嗅到。沙挑不再搖晃了，客人仔勁生將它緊緊握牢，然後又退了一步，身體截住海風薄薄的氣味，眼睛瞇得幾乎融進影子裡。

「竟然知影會當對遮離開，你為啥物閣欲轉去公用地？直接逃走就好矣。」

「你會當走去佗位？」張仔說，「而且你走去，汝遐的朋友佮厝內的人敢就走的去？」

沒應答，客人仔勁生瞪著張仔，而張仔定定望回去。他們兩人就這樣對立許久，手握尖喙掘仔的黃承德，也如是觀察他們，直到燈火漸漸斷續，逼他們的影子長短跳遠近移。

「來轉矣，我袂佮別人講。坑道予阿本仔閣測量過，咱才閣做過就好矣。」

勁生稍垂頭，把眼神藏入整臉的暗影裡。張仔覷了客人仔一會，轉身把電土燈交給黃承德，示意他準備往回走。黃承德頷首，接過電土燈，光焰愈來愈細微，不知還能點多久。試看覓吧。他心裡想，手中平平提著尖喙掘仔，邁出步伐。張仔跟在黃承德背後，腳底踩出爍爍的沙礫聲，反覆交錯，喀哩喀哩。客人仔勁生也揚起首，尾隨著他們兩人，朝坑外挪步，步履聲逐漸靠近且加大。

然後是金屬碰撞時發出的嗡嗡振鳴聲鋪蓋過來，有什麼從後方猛烈撞上，使得黃承德摔向岩壁邊緣，撞擊自頭側滾落麻痺了聽聞與覺感。黑暗把他按倒了，萬事盡消失，只有電土燈摔落地面磕出四壁旋迴的大聲音，噴嘴口的火焰則反倒噤小了，光與影一伸一縮，把能夠目及的皆拉近推遠、推遠拉近。黃承德睏起眼，被周身的疼痛圍困，手中的掘仔鑿出右腿淌血的傷口，痠麻讓他不住的抽搐，意識恍惚了，於是所聞所見在他裡面都只能空蕩空蕩的運轉。在那樣的黃承德耳邊，間雜著有人在喊叫：憨客人！福佬豬！你叫是講這有路用？啥物攏毋做就有法度？姦！屌！接著是兩柄沙挑交擊的聲音亮亮鬧著，偶爾還有金屬嗾進硬地皮時咬出的銳響，再之後的，黃承德都無能理解了，那就只是某些事物在彼此觸碰打敲出聲音而已。努力喘氣，黃承德暫時捺住身體的顫抖，而音聲還在，他緩緩睜目，見平敷地上的光猶短長。

在那樣的有限的光底，黃承德看到兩對同樣精瘦的腿腳交絆著、相逐著，彼此給彼此添加傷痕，讓殘光深刻進去，於是那裡還能夠生出更多簇新的影子與影子。燈火就要熄了，光正要收起，把張仔和勁生兩人留置在黑暗中。黃承德爬起倚牆坐，把雙耳晾高，攬進清明的聲音，然後聽到貼得極近極近、幾乎無法細分先後的兩朵亮響拍開，坑洞跟著把那重複兜轉、兜轉，直到終於什麼也不剩，僅剩下沉默為止。

真的沒有光了。黃承德獨留在嚴實的暝暗裡，靜悄四合，勁生和張仔俱乏聲，萬事皆止息，唯獨傷口仍遲遲血流。他握緊手中的掘仔，合目同時閉思忖，感覺木柄熨貼掌心如斧鑿，就像他在廟前店內準備幫神尊打粗胚時，於是黃承德心底描摹過眾神靈，嘴舌默默唸禱祈願。而後，幾不可覺，海潮聲與海風涓滴過黃承德，那聽上去好遠好遠，但是當風穿入、將坑壁擦得挲挲響時，隱約有什麼正在望不到的彼端等待交換、靜候應答。耳朵貼靠，黃承德彷彿能聞到阿月細細渺渺、圓柔無稜角的音聲，告訴他：莫急，準備好，才作決定。

然後清亮的哨音響了，聽上去好近好近，似乎有些強弱不明的光正要流進來。

八月十四日

29.

再度回到那裡時，又已經是午後，許政義不記得這是第幾次了。

和小林行禮、換班，端起小銃，許政義接替守衛眼前的一切。佇立良久，他反覆清點過：滑走路是滑走路，誘導路還是誘導路，林蔭底的掩體猶是掩體，他也應該仍是自己。戰鬥機都藏隱於掩體內，不見其他學徒兵或警備兵，似乎連遠處的哨點都無人守望，飛行場大部分地方空闊如昔，掉落在身上的陽光也如往常沉重。許政義感覺臉龐與手臂幾乎要被日頭壓得垮塌，光線繼續蒸溽，汗水落入許政義的眼底，使得萬事更加游離，只有他不動，讓一切兜繞著他轉旋。

是夏天，可能天氣過於炎熱了。許政義想著，同時讓什麼都逐漸在他的意識裡飄遠盪開，但記憶仍在，且還是離他太近，欠缺應有的迂迴與距離。

他仍記得，大東亞戰爭初始那幾年，農校的先輩常拿著擴音器，在校園裡放送最新戰報。耳聞戰報的師生，即便正在農場裡實習，也會一起挺起腰桿，高呼萬歲；連畜欄裡的豬牛，也拱鼻叫，或者蹬出快樂的蹄響。校園裡到處歡聲，唯許政義總覺得當他開口呼喊時，那些音聲並非由自己的體內發出，而是從外面湧流入身體。戰爭的消息鼓舞著大多數的少年，他們在校內的農場中，幻想自己踏在國家才征服獲得的南方疆土上，手裡的鋤頭尾隨帝國的船艦戰車，犁開新天地，做一名戮力奉公的拓南戰士❶。不數年，少年們的尋常假期被取消了，他們遭遣往大園庄圈仔內勤勞奉仕，擔畚箕、扛沙袋，協助闢建飛行場，上課的時間日漸短少；反正許多教師也被徵調前往前線了，乏人教課，即使到校，也只能自習。更久以後，教室被軍隊徵用作為生產飛行機零件的工場，課桌前坐滿綁頭巾、垂首剝開雲母的少女，而少年們無處可去了，只能在運動場上進行軍事訓練，或於農場實習，敵機臨空時，則由教師帶隊躲藏進校門對面竹林邊的防空壕裡。如斯渡過，直到少年們終於也來到戰場、辨識出戰爭的模樣，甚至成為那之中的一部分。

偶爾，許政義還會想起這些，想起自己曾經大聲呼喝，想起自己曾被某種情緒由內裡騷動著，使自己似乎堅強無畏，同時也脆弱無比。許政義抖振抖振了手裡的小銃，一層薄薄的沙塵由銃身落下，很快便被某片微弱的風挾去了。他的身上還有更多更多的塵埃與碎屑，好像自己正在緩慢傷損耗減著。鄰近飛行場的稻田已被收割完成，田土將日漸乾裂，風沙會與日俱增，萬事正要浮晃起。午晡光猶直下，四野爍爍亮，什麼都失卻了影子，飛行場整地燥，乾土碎石被風吹得散亂，沙塵擦痛他也暫時遮著飛行場，稍後，風過景物靜，什麼都仍留在原地。瞥看又重新開放的四界，萬事仍如舊，只有眼前爍裂的土地上扎著一點燦亮的光，近近的在那裡微微顫，漸漸把他的視界給撒花了。

散光來自一株瘦弱的草，比周圍的其他景物挺立。許政義謹慎的覷，看出了那其實也是稻仔，但和常見的稻仔相異，顏色青綠、細瘦，尖端長了紅色的長鬚；他曾聽說過這種稻仔，農校上課時先生曾經提及。昭和十二（一九三七）年，八塊厝這一帶的野地，發現了本島原生種的稻米，野稻長在無人能至的沼澤之中，生有紅色的長鬚，稻穗似乎不時飽著卻總是一夜落盡，當地人傳說那種稻米專供鬼怪吃食飽腹，遂以「鬼仔稻」稱之。農校的先生告訴他們，鬼稻的種子已經被總督府農業試驗所採集收存，雖然鬼稻的食用和農作價值不高，但卻具備一般稻米沒有的旺盛生命力，將來一定會對稻作改良帶來極大的助益。現今島內普遍種植的蓬萊米，也是經過繁複的育種，緩慢栽培出來的喏，即便是原本毫無生產價值的稻種，也可能在培植的過程中，發生對產業有利的變異噢。先生說。彼時許政義聽著，想像那樣一種無用卻積極於繁衍自己的稻仔，長在乏人抵臨的野地，所有的長成枯凋都不為他人，就只是兀自存活而已。只是兀自存活而已。

風薄薄，鬼仔稻的紅鬚長而細，怎樣的風都能使之款擺輕晃。許政義將小銃的揹帶拉

---

❶ 戰爭期間配合日本國策，積極招募及培訓工農業專業人員，前往南洋新佔領區進行拓殖。

開，掛上自己的肩膀，蹲下身，拈起幾點青綠的野稻穀。飽了日光和泥土溫度的稻穀暖著他的指尖，紅鬚被風扯過後遲慢撓經指腹，彷彿有某種力量隱藏在那之中。然後，更多更多細而銳利的光線刺入他的眼尾，許政義抬頭，望向滑走路遙遙探出隱去的彼端，而那裡的每吋土地俱亮著，到處都是小而堅韌的鬼稻在日頭下跳閃，像是稻仔自己在振動，似乎隨時都可以立地迎風伸芽、急急散開稻穗，遍生竄長到天涯各處。

那樣空望半晌，直到眼前的光稍晃，一疊腳步聲從許政義身後貼近。他忙站起身，將小銃重新兜入肩窩，才轉身看向來人。是游，大概是下班輪值的衛兵。他走路直步伐準，唯兵褲的褲袋裡興許儲放了太多東西，讓他的身形略顯怪異，像是藏有什麼秘密。許政義復又回頭瞥過滑走路上蔓生的野稻，在赤日下昂強的放著微光，之後的遠方則坐著厚實墨綠的山脈。不知道那些脫走兵，最遠曾經逃到哪裡呢？

在游開口叫喚以前，許政義都還這樣停定想著。思慮妥適以後，他就會轉身回頭了。

30.

移動步伐時，腳邊的水流會被推擠開，發出細細的嘩嘩嘩。許政信可以聽到那些，此外，此外幾乎什麼都感覺不到了。他走得很慢，不曾再抬頭看過天空，林蔭蔽蔭林外的一切，稀弱的星光無蹤了，揚首只會看到烏暗回望。他埋頭凝視澗水行走，沿途撕扯衣物成條，綁道旁枝枒充當信物，讓身後的戰友循路跟上。他拆毀雜囊裡的破襦絆、爛兵褲，最終連自己的衣著都輾轉卸下襤褸了，但仍未走出叢林。糟的是，乏路的森林掩著僅存的微光，山澗漸消失了，只剩腳底的水流還能知會方向。許政信索性褪掉鞋襪和綁腿，把那些全都留給將來的戰友拾掇，僅憑腳尖足側踢碰伏地的淺水辨識去途，並且合目珠不讓黑鴉鴉的叢林迷魅，更多時候也靠身體的摔跌磕撞，將來路的斑斑點點全部記在皮膚上。

走得愈遠，許政信愈覺平靜。森林奪去他們的糧食、工具、柴火、衣裝與身體，收走他們的感官、心智、同情和尊嚴，最後只留給他們呼吸與苦難。萬福仔在他背上完全不動，然終究能查覺到貼脊上的那副胸膛偶爾仍一脹一縮，而許政信什麼都不想了，放任步履隨澗水往前流，就這樣走到最終。最終必然是自己雙腳斷折，或終於被拖磨殆盡，僅餘死亡還能領他們繼續向前走——許政信還有二百發彈丸與三枚手榴彈，也許可以擇兩枚炸穿森林惡意的厚頂蓋，留條路，讓萬福仔和自己被最後一枚手榴彈和整串彈丸削成灰煙後攀高，遙遙越洋覷故鄉。

然後，澗水在許政信的腳底拓展開，流向散亂，而水深及膝頭，挪步漸困難了，讓他一時拿不準去路。睜目珠，目珠睜，許政信看到眼前是整片平闊的水塘，塘面每處都漂擠滿青綠青綠的水薸，水塘以外則有高而長的野草緩緩擺晃。原來，無知覺的，叢林已經退到他們身後，顏色又回到他們眼中，到處新鮮得陌生，像是另一個世界。揹著萬福仔，許政信揀步慎行，塘底爛土厚而滑，落腳難穩當，最後他們果然還是腳板溜開摔倒了，跌坐入滿塘軟軟的水裡，掀開大疊大疊的漣漪。愣坐水中，許政信先掂了掂身後的萬福仔，確認沒事，接著鼻了大口氣——他嗅到的水波氣味簇新，再也不似叢林總把腐爛和滯悶填塞入鼻間，此時他才肯定，他們真的離開厚而無邊的森林了。是真的，應該是真的。

水薸浮盪經身旁，水塘發光了，許政信低下頭，迎上大半枚亮晃晃的月亮，月色好清透，將水底的亂魚群都襯得條條顯明。魚游過許政信的肚腹前，甩動一抹蒼藍的鱗光，然後擺尾而去，光則留在他面前不動了。半晌，許政信才看懂那是早先他在叢林裡追丟的南十字星，擱架出清楚的方位，和整片花耀的星群齊墜在四圍。

站起身，許政信涉渡水面的繁星與水薸，抵達塘邊，隻手緣岸爬上。他周身濕，破衣褲更加糜爛沉重了，肩頂腰上的彈丸和手榴彈火藥也潮透，再也不可能點燃引爆，許政信乾脆將它們也卸下。拆去那些之後，許政信揹負的就只剩萬福仔和自己了，他感覺身軀變得輕盈，眼睛好像也能遠遠眺看。極目望，夜下的長草為月色沾染蒼白，幽光茫茫竄四野，彷彿可以溢出萬事之間，而後，風生起，晃動遍地草，甩出碎鋒芒如霧靄隆起合圍近，視界朝內縮緊，只有天頂的星月還在，爍爍同方才。許政信逕直前行，大抵順著南十字星的指引，沿途撩開草叢、潑出挲挲挲，草葉相擦碰，聲音復聲音，稍挪步也像移動了很遠。他們就那樣在霧似的光裡行踏，偶爾踩入野草根底的水窪，或持續持續上崎，更多時候像踩入寬廣的夢境。走走走走，許政信不知道哪裡是盡頭，走走走走，直到有陌生的聲音開口說：「小等咧，莫振動。」

直覺停下，許政信收起腳步，但是聲聲行踏並未止歇，長草彼此撥弄掩覆的錯響還在，並且來自四界八方——他如今才明白，野草原裡還有其他東西，不只有他們而已。許政信忙伸手向腰際，尋覓防身工具；探過去時，才想起身上早就什麼也沒有了。

「啊，佪攏來矣。」陌生的聲音又說。

瞠眼看，許政信憂懼顧望，而煙樣的光漸漸薄了，攔不住後面的身影；那約略有十數人，姿勢各異，形容體態緩緩才浮出，腳步聲則確實擁靠近。穿透茫茫霧，一副臉孔迎面來，皮膚白得像是天寒時家門口稻埕上結出的霜，兩鬢則如稻穗那樣金，兩隻眼睛藍得冷冰冰——許政信怎樣也不會遺忘這種面相，標準的米濠兵，專門駕駛飛行機轟炸駐紮地和故鄉，壞印象多久都會記得，只是沒料到會這樣再遭遇。他後退了幾步，身側又再磕碰到另外一個人。許政信瞥見佇立在那裡的人膚色黑、嘴鬚濃、兩眼圓睜，頭髮捲而油亮，滿臉含眉目都是恍惚的神情。餘下的數人俱已現形，許政信急急掃視四周，才發現自己被各種面目和體色的人包圍，暫時只有容貌能看清；他無處走閃，遂不動彈，審慎嚴防那些陌生人突然攻擊掩殺，必要時至少還能肉搏護身。

逾良久，左近無人稍動，只有霧氣退了些許，曝現出眾人的身軀，他們衣著錯亂，穿帝國陸軍衫服、濠軍兵服、米軍飛行服，或者國民服，間雜有幾人套著戰俘專屬的辮囚服；共同的是，他們的衣褲上全無所屬部隊的徽章或者階級章，亦無人戴戰鬥帽或飛行帽，清冷的月亮灑得他們通體光亮，熨在其上的每吋光都相似而少差異，似乎他們所有人本就沒有不同。在那樣的光下久站，許政信漸漸沒有了懼怕，甚至放心的任由疲倦漸漸湧起，畢竟周圍的那些人就只是佇立不動，佇立不動也就只是等待稍候，任時間流過。偶爾會有極細極細的窸窣聲點點經眾人，許政信無法明瞭當中的任何一種語言，但已經可以懂得他們全然無害，也全然無用，就如同自己。

「差不多矣。」那個聲音說，說的是台灣話。許政信瞇眼顧盼，沒看見任何嘴舌開合，但是剛才的話語仍在耳畔，半晌他才想起那是萬福仔的聲音。背上的萬福仔動了，胸膛大大起伏，口鼻齊吐喘，全身關節相挫出喀喀聲，原本癱軟的手臂、腳腿全都緊繃，似乎正要好轉恢復。許政信則實在是累了，就這樣立地睡去，直到萬福仔從身旁輕輕搖晃他，才睜開眼，目及霧景消逝而原野仍朝外延伸無邊，眾人仍在等待，天頂繁星已疏，月娘正要沉下，淡薄光暈側側從那淌至地上。至於另外一頭，則還沒有升起什麼，僅有薄寒微光流向那裡，好像彼處終將浮出另外一顆月，重又拉長眾人靜候的身影，並且如斯反覆。但許政信並不注意那些，只是模糊的想著，或者不想什麼，而那也已經不是太重要的事了。

31. 八月十五日

醒轉過來時，許月能夠感覺到防空壕裡有陣輕快的風溫溫的盤桓，眼前似明非暗，沒點油燈也能約略辨識出東西與東西之間的邊界。早起矣。她思忖。一日正欲開始。床上的她，詳細而反覆的動彈過自己的腿腳、指頭、眼睛和口舌五官，覺得自己的身軀難得沒有半點不適，腿根處沒有潺出幾滴冷汗，連腰背、肩頸也暢爽而靈活。許月決定下床走踏走踏，其實她想這樣做很久了，而今天最合適。她審慎的坐起，以腹部當重心，緩緩側轉身，將腿腳擱於床沿，厚大的肚子仍舊沉，但已經不再阻礙什麼了。許月將雙腳放落地，張口吸飽氣之後，一手扶著床鋪，勉力站起，足板底仍有痛麻，如同初學步，但是她忍著，兩手捧好肚腹，一步一步行抵防空壕口，倚壁佇立。

由壕內舉頭朝外望，許月望見高挺的玉蘭花樹擎著天，白花已落盡，僅留綠葉在日照下青翠，剩餘的其他顏色都是日頭撒下來的，穿過枝椏曬著屋後露水猶濕的窄徑，陽光連帶蒸起幾日前花蕊敗去的爛汁液，於是整個清晨都有玉蘭花腐壞後的甜香味。所有光線俱零碎，只有洞口階前仍有一角落的日光垂墜。許月伸手去盛那片日照，讓新新的陽光曬暖自己的掌心。她感覺手心以及那些命運般歧亂的掌紋就要被溫熱了，然各所在的陽光瞬間被抽去不見了，四界再度陰暗下。

但掌心仍有溫度，掌心仍有溫度，許月將手收回，熨上自己的肚皮，把那稀微的日頭與暖熱輾轉交付給腹中的囡仔，小囡仔輕輕的輕輕的踢她，在她的身體裡小小的活動起來，好像已準備妥要面對世界的所有好壞。閉上眼，許月仔細感知肚內的胎兒，張耳諦聽他想要長成什麼樣的人，同時想像丈夫自遠方的公用地回返後，用糙糙生繭的手，撫過她和她們的孩子後專注的眼神，如同當年她初履市街、經過大廟，在亭仔腳看見阿德整飭猶未成形的神像時的表情——萬事伊始，什麼都有可能。

許月仍揣想著未來，因而不見日頭自她合目後即未曾再現。迎向自己的腹肚，她輕輕的對孩子說：「應該共你號啥物名咧？」

全書完

後記

其實是，寫了這麼許多以後，某種程度來說，終究並沒有真的向誰妥適說明什麼；毋寧說，小說在真正接觸到他的閱讀者之前，並不確實存在任何的陳述能力，唯有閱讀開始了，陳述與講說才隨著有了啟始的可能。

而我想說的是：對不起，對於所有那個時代的親歷者以及不懈的研究者，這篇小說必然還是一個太過簡略粗糙、疏誤甚多的切片。囿限於能力，我僅只能藉由更多的虛構填充史料蒐集的空缺，讓那個不可復返的時代艱困的動彈起來，於視界中留下不甚清晰，但勉強可供指認的影子。

我迄今仍相信，書寫者是被故事拾獲的人，這篇小說記述的故事必然會在某個時點，被另個書寫者以更為適切的形式書寫出來，只是那個時點尚未到來——只是在那個尚未到來的時點之前，總得有人暫且成做故事的拙劣載體，予故事降生的可能性。

終歸這篇小說的成形，泰半始自於巧合，但自然也有不盡然屬於巧合的部分：謝謝未曾反對我書寫的家人們、大學時期給予各種指導和養分的眾多師長朋友同學們、無數地方前輩及文史調研工作者、總是能在書寫遭逢困境時帶來突破契機的閃靈樂團作品，許多許多都必須在此致上謝意。也謝謝新台灣和平基金會的昱緯、邦妮和其他同仁推廣台灣史小說創作的努力，謝謝明毓屏老師、總編育如、岱晴以及幾位編輯願意給予這篇小說完遂其文本生命的機會。謝謝親愛的外婆分享童年時期的回憶片段，這篇小說有相當程度是為了朝那個記憶的圖像邁進而展開的。

最後，對於外公以及南部老家的阿公阿媽，很遺憾在年少的時候未能把握機會嘗試瞭解你們的經歷與感受，興許是自己那時候真的太過幼稚懵懂了。陳講與再次轉述的可能業已消失，僅只有虛構留存下來，我由衷感到抱歉。

如果可以，好想大聲說出對不起。

黃汶瑄

參考資料

一、書籍

1. 劉鳳翰，《日軍在臺灣：一八九五年至一九四五年的軍事措施與主要活動》，台北縣：國史館，一九九七。
2. 邱瓊珍，《戰火浮生錄：日治時期戰爭文獻解析》，高雄市：高雄市立歷史博物館，二〇〇六。
3. 闞正宗，《皇民化時期臺灣寫真照片》，新北市：博揚文化，二〇一二。
4. 盧兆麟，《臺灣回想》，台北市：創造力，一九九四。
5. BARZ，《一九四五夏末》，台北市：國立臺灣歷史博物館，二〇一一。
6. 曾健民，《一九四五破曉時刻的臺灣：八月十五後激動的一百天》，台北市：聯經，二〇〇五。
7. 蔡錦堂，《戰爭體制下的臺灣》，台北市：日創社文化，二〇〇六。
8. 潘國正，《天皇陛下の赤子：新竹人、日本兵、戰爭經驗》，新竹市：齊風堂，一九九八。
9. 王世慶、周婉窈，《臺灣史開拓者：王世慶先生的人生之路》，新北市：新北市文化局，二〇一一。
10. 柯旗化，《臺灣監獄島：柯旗化回憶錄》，高雄市：第一，二〇〇二。
11. 林文龍，《楝花盛開時的回憶：日治時期畢業紀念冊展圖錄．第三冊》，南投市：台灣文獻館，二〇〇五。
12. 黃智偉，《全島要塞化：二戰陰影下的台灣防禦工事》，台北市：如果出版，二〇一五。
13. 吳濁流，《亞細亞的孤兒》，新竹縣：竹縣文化局，二〇〇五。
14. 楊逵，《楊逵集》，台北市：前衛，一九九一。
15. 田村志津枝，《台灣人和日本人：基隆中學 F-man 事件》，台北市：玉山社，一九九九。
16. 蔡慧玉，《走過兩個時代的人：臺籍日本兵》，台北市：中研院臺灣史研究所籌備處，一九九七。
17. 黃稱奇，《烽火南國的少年：臺北帝國大學醫學專門部學生的戰爭筆記》，台北縣：大千，二〇〇八。
18. 戴寶村、曾秋美等，《口述歷史：細說從前懷舊時》，桃園市：桃縣文化，二〇〇〇。
19. 杜淑純、曾秋美等，《杜聰明與我：杜淑純女士訪談錄》，台北縣：國史館，二〇〇五。
20. 林惠玉，《宜蘭耆老談日治下的軍事與教育》，宜蘭縣：宜蘭文化中心，一九九八。
21. 許佩賢，《太陽旗下的魔法學校：日治台灣新式教育的誕生》，新北市：東村出版，二〇一二。
22. 張良澤、高坂嘉玲，《日治時期（一八九五～一九四五）繪葉書：臺灣風景明信片．全島卷》，新北市：國立臺灣圖書館，二〇一三。
23. 曾秋美，《台灣媳婦仔的生活世界》，台北市：玉山社，一九九八。

24. 蔡蕙頻，《好美麗株式會社：趣談日治時代粉領族》，台北市：貓頭鷹出版，二〇一三。
25. 曾曉雯，《南洋英烈：二戰期間巴布亞紐幾內亞境內國軍將士紀錄》，台北市：史政編譯室，二〇〇九。
26. 桃園郡役所，《桃園郡要覽》，成文出版社，一九八五年排印版。
27. 《桃園街要覽》，《台湾省新竹州街庄要覽輯存》，台北市：成文出版社，一九八五。
28. 《桃園縣鄉土史料》，台北市：臺灣省文獻委員會，一九九六。
29. 鄭煥，《崩山記》，台北市：文華出版社，一九七七。
30. 菅武雄，《新竹州情勢與人物》，成文出版社，一九八五年排印版。
31. 台灣總督府，《日治時期臺灣公學校與國民學校國語讀本》，台北市：南天書局，二〇〇三。
32. 周婉窈，《臺灣歷史圖說》，台北市：聯經，一九九八。
33. 林一宏，《日治時期桃園地區的建築文化資產》，桃園市：桃園文化中心，一九九八。
34. 竹中信子，《日治台灣生活史——日本女人在臺灣（昭和篇一九二六～一九四五）下》，台北市：時報文化，二〇〇九。
35. 藍博洲、曾健民等，《文學二二八》，台北市：台灣社會科學，二〇〇四。
36. 顏新珠，《打開新港人的老相簿》，台北市：遠流，一九九五。
37. 野原茂，《圖解世界軍用機史（上）》，台北市：麥田，一九九六。

38. 鍾堅，《台灣航空決戰》，台北市：麥田，一九九六。

39. 張維斌，《空襲福爾摩沙：二戰盟軍飛機攻擊台灣紀實》，台北市：前衛，二〇一五。

40. 洪致文，《不沉空母：臺灣島內飛行場百年發展史》，台北市：自費出版，二〇一五。

41. 陳景通、曹欽榮等，《重生與愛：桃園縣人權歷史口述文集》，桃園市：桃縣文化局，二〇一四。

42. 森松俊夫，《圖說帝國陸軍》，東京都：翔泳社，一九九五。

43. 張阿屘，《屘春風：張四平回憶錄》，桃園市：望春風，二〇一〇。

44. 黃華昌，《叛逆的天空》，台北市：前衛，二〇〇四。

45. 林修澈，《泛桃舊歲——桃園市百年映像》，桃園市：桃園市公所，二〇〇一。

46. 甘斯頓，《二戰轟炸機》，台北市：麥田，一九九六。

47. 鈴木茂夫，《臺灣處分一九四五年》，台中：晨星，二〇〇三。

48. 戴寶村、曾秋美等，《口述歷史：說古道今話桃園》，桃園市：桃縣文化，二〇〇〇。

49. 莊育振，《桃仔園行腳——桃園往昔生活與文化活動的紀錄：桃園老照片故事5》，桃園市：桃縣文化局，二〇〇六。

50. 張茂男，《五福宮簡介》，桃園市：作者自印，二〇〇二。

51. 吳文星等，《日治時期臺灣公學校與國民學校國語讀本：解說‧總目次‧索引》，台北市：南天書局，二〇〇三。

52. 大竹文輔，《臺灣防空讀本》，臺北：臺灣防空思想普及會，一九三七。
53. 鄭麗玲，《臺灣人日本兵的戰爭經驗》，台北縣：北縣文化局，一九九五。
54. 春山明哲，《臺灣島內情報：本島人の動向》，東京：不二出版，一九九〇。

二、期刊論文

1. 阿步賢介，〈關鍵的七十一天：二次大戰結束前後的台灣社會與台人之動向〉，國立政治大學台灣史研究所碩士論文，二〇一〇。
2. 陳家豪，〈日治時期桃園輕鐵的經營與發展：一九〇三～一九四五〉，國立中央大學歷史研究所碩士論文，二〇〇七。
3. 杜正宇、謝濟全，〈盟軍記載的二戰臺灣機場〉，《臺灣文獻》，第六十三卷第三期，頁三三九～四〇四。
4. 張志明，〈日治時期農業統制下的臺灣米穀政策研究（一九三三～一九四五）〉，國立政治大學日本語文研究所碩士論文，二〇一二。
5. 李國生，〈戰爭與台灣人：殖民政府對臺灣的軍事人力動員（一九三七～一九四五）〉，國立台灣大學歷史學研究所碩士論文，一九九七。
6. 王韶君，〈「唱和」皇國青少年之道：日治時期台灣青少年團相關歌曲之探討〉，《臺灣文獻》，第六十二卷第二期，頁三〇七～三五〇。

7. 戴寶村，〈B29與媽祖：臺灣人的戰爭記憶〉，《國立政治大學歷史學報》，第二十二期。

8. 張建俅，〈二次大戰台灣遭受戰害之研究〉，《臺灣史研究》，第四卷第一期。

9. 洪致文，〈二戰時期日本海陸軍在臺灣之飛行場〉，《台灣學研究》，第十二期。

10. 鄭政誠，〈戰時體制下臺南師範學校學生的軍事訓練與動員（一九三七～一九四五）〉，《國史館館刊》，第四十一期，頁一五七～一八六。

11. 闞正宗，〈日治時期桃園地區宗教發展〉，《桃園文史研究論叢》。

12. 吳奇浩，〈喜新厭舊：從日記材料看日治前期臺灣仕紳之服裝文化〉，《臺灣史研究》，第十九卷第三期，頁二〇一～二三六。

13. 曾令毅，〈日治時期台灣的學生航空教育〉，《臺灣文獻》，第五十八卷第三期，頁二九～七八。

14. 藍博瀚，〈日治時期桃園街空間的現代化過程〉，國立成功大學建築學系碩士論文，二〇一九。

三、檔案、報紙、地圖資料

1. 〈桃園都市計劃圖〉，《日治時期台灣都市發展地圖集》，昭和十三年調製。

2. 臺灣日日新報。

3. 臺灣新報。

國家圖書館出版品預行編目資料

盡日/黃汶瑄著. -- 初版. -- 臺北市：蓋亞文化有限公司, 2024.08
面； 公分. -- (島語文學；12)
ISBN 978-626-384-114-7(平裝)

863.57　　113010598

島語文學 012

盡日

作　　者　黃汶瑄
插畫／設計　江易珊
責任編輯　沈育如
總 編 輯　沈育如
發 行 人　陳常智
出 版 社　蓋亞文化有限公司
地址：台北市 103 承德路二段 75 巷 35 號 1 樓
電話：02-2558-5438　　傳真：02-2558-5439
電子信箱：gaea@gaeabooks.com.tw
投稿信箱：editor@gaeabooks.com.tw
郵撥帳號 19769541　戶名：蓋亞文化有限公司
法律顧問　宇達經貿法律事務所
總 經 銷　聯合發行股份有限公司
地址：新北市新店區寶橋路二三五巷六弄六號二樓
電話：02-2917-8022　　傳真：02-2915-6275
港澳地區　一代匯集
地址：九龍旺角塘尾道 64 號龍駒企業大廈 10 樓 B&D 室
電話：+852-2783-8102　　傳真：+852-2396-0050
初版一刷　2024 年 08 月
定　　價　新台幣 320 元
Published and printed in Taiwan

ISBN 978-626-384-114-7
著作權所有・翻印必究
本書如有裝訂錯誤或破損缺頁請寄回更換

GAEA

GAEA